そういふものに わたしはなりたい

櫻いいよ

STARTS
スターツ出版株式会社

みんな、自分じゃない誰かに憧れている。

目次

そういふものに　わたしはなりたい

・・・・・・・・猫

空から針のような細い雨が降っていた。

仕方がないので、ぼくは橋のふもとで雨をしのぎながらぼんやりと空を眺めて過ごす。早く止まないだろうか。かれこれ三日くらいこの天気が続いている。昨日に比べるとずいぶん雨脚《あまあし》は弱くなったものの、雨は雨。ああ、いやだ。

秋は過ごしやすいから好きだ。でも晴れてなければ意味がない。曇りはまあいい。雨だけは許さん。ぼくは濡れるのがきらいなのだ。早く晴れて美味しいご飯を食べにあちこち回りたい。

しばらく雨を見ていたけれど一向に止む気配がないので、くあっと大きな欠伸《あくび》をしてから前足の毛繕いをはじめた。もう、びしょびしょじゃないか。ぼくのピアノみたいに美しい黒い毛は泥だらけになってしまったし、チャームポイントの白いお腹も汚れて茶色に見える。

ったくもう。

一か所気にしはじめると他の部分も気になってきて、腕や首元、お腹に後ろ足と念入りに舐《な》めていると「受け取れない」という声が聞こえてきて耳がピンっと立ち上がった。ぼくのお気に入りの場所にやってきたのは誰だ、と声のするほうを覗き込むと、水色の傘の中に一緒に入っている少年と少女が近くの河原で向かい合っている。雨の日に傘を差してまで外を歩かないといけないなんて、やっぱりにんげんはおかしい。家でゆっくりしていればいいのに。

　あのにんげんはたしか、ぼくが毎日忍び込む高校の裏庭でよく食べ物をくれるふたりだ。独り身のぼくに遠慮することなく毎日毎日仲よくしていて、いつもご飯を食べながら舌打ちをしていた。

　けれど、今のふたりを纏《まと》う空気は、いつもよりも不穏なものだった。

　少女は俯《うつむ》いていて、少年は顔を歪《ゆが》ませている。……多分。

　今まではだらしないくらい緩んだ顔で笑っていたふたりだったのに。

　なにがあったのだろうと、耳に神経を集中させた。

「ごめん」「どうして」「もうやめよう」「せめて」「いやなんだ」

　聞こえてくるのはどれもこれもあまりいい意味ではない言葉。

「さよなら」

　その言葉を最後に、少年は少女に傘を渡してそこから抜け出すように一歩下がる。

そして、雨の中に歩きだそうとした。少女は彼の腕を掴んで引き止める。けれど振り払われて、そのまま地面に尻もちをついてしまった。傘もバランスを崩してしまったように、コロンと転がり内側に雨滴《うてき》が溜まっていく。

あーあ、最悪だ。あれじゃあかなり念入りに毛繕いをしなければいけない。にんげんはぼくらよりも体が大きいから、さぞかし大変だろう。まあ、ご飯をもらった恩があるので、少しならぼくも手伝ってあげてもいいけど。ただ、雨が止んでからね。ぼくは濡れたくないから。

地面に座り込んだ少女は俯いたまま動く様子がなく、手を差し伸べるだろうと思っていた少年は、少女を一瞥《いちべつ》してそのまま立ち去ってしまった。

妙な場面に遭遇《そうぐう》してしまったようだ。

取り残された少女をじいっと見つめていると、少女はふらりと立ち上がりゆらゆらとまるで紐《ひも》で吊られた人形のようにおぼつかない足取りで歩きはじめた。傘のことは忘れてしまったのか、草むらに置いてけぼりになっている。いつも風になびいていた少女のショートボブは、雨に打たれてぺっとりと頭に貼りついてしまっている。

一体なにがあったのだろう。

ぼくの知っている少年少女ではないのだろうか、と思うくらい今日のふたりは様子が違う。

耳を閉じるように寝かせて目を瞑《つむ》り考えてみる。けれど、当然ぼくにはわからない。

……しかも眠くなってきて、欠伸が出てしまった。

そして目を開ける。

目の前を歩いていたはずの少女は、川の中に足を踏み入れていた。間違いなく自分の意志で。

今日は雨で、昨日も雨で、その前も雨だった。

川は普段よりも水かさが増していて、勢いも強い。

こんな日に川に入るとか、にんげんは本当に理解不能だ。ぼくは賢いから絶対に近づかない（雨でなくても川になんか近づかないけど）。

じゃぶじゃぶと自分の足で奥へ奥へと進んでいく少女を信じられない気持ちで眺めた。

少女は川を歩く、歩く、歩く。

そして——流された。

I

雨ニモマケズ　風ニモマケズ

—浅田 佳織—

先週半ばから降り続いていた雨が久々に止んだ月曜日。かわりに十月にしては汗ばむ陽気がやってきた。

「佳織《かおり》聞いた？　佳織のクラスの睦月《むつき》、睦月澄香《すみか》！　先週の金曜日に川で溺《おぼ》れて意識不明らしいよ！」

去年Ｂ組で同じクラスだった知里《ちさと》ちゃんと靴箱で鉢合わせると、彼女は私を見るなり興奮気味に叫んだ。彼女のキツイ香水に思わず顔を顰《しか》めそうになってしまう。そのせいで知里ちゃんの言葉を理解するのに数秒要してしまった。

澄香ちゃんが、川で溺れて意識不明？

あの、澄香ちゃんが？

「え？　そ、そうなの？　本当に？」

「なに、佳織知らないの？　同じクラスなのに」

「あ、うん、ごめんね」

知里ちゃんは私が有益な情報を持っていると思っていたのか、がっかりした様子で「なーんだ」と言いながら立ち去った。相変わらず勢いがいいというか、なんというか。

そもそも〝佳織〟と呼ばれるほど私たちは親しい関係だったのだろうか。二年になって知里ちゃんはB組、私はC組で、クラスが別れた。それからこの半年、おそらく彼女から話しかけられたのは今日が初めてだ。いや、同じクラスだったときもあまり話をした記憶がない。

腰まであるロイヤルミルクティー色の髪の毛を毎日綺麗にカールさせて化粧もバッチリしている、いわゆる派手系女子の知里ちゃんと、黒髪セミロングですっぴんの私が友人であるはずがない。

知里ちゃんは「なにも知らないんだってさー」と大きな声で話しながら、いつも一緒にいる派手な人たちの輪に入っていく。その中のひとり、小森《こもり》くんが私に視線を向けて「浅田《あさだ》が知るわけねえじゃん、なあ？」と知里ちゃんに負けず劣らずの大きな声で私に話しかけてきた。今日も短い髪の毛をハリネズミみたいにツンツンに立てている。

「浅田はへらへらしてるだけだもんな」

やや垂れ下がり気味の目元は、私を見るときだけ少し吊り上がる。

「うはは、なにそれ意味わかんない」

「意味わかんねえんだよ、浅田は」

派手なグループが大声で笑っていて、なにか反応を返すべきだろうかと黙ったままでいると「文句があるなら言えば？」と小森くんがにやりと歯を見せた。

「いや、なにもないよ」

こういうときは、へらっと笑って、なんにも気にしてないよ、という態度を見せるのが一番だ。予想どおり小森くんはちっと舌打ちをして「ほんと意味わかんねえ」と吐き捨ててから背を向けた。それにほっとしたものの、なんだか朝から知里ちゃんに急に話しかけられるし、小森くんにも絡《から》まれるしで、どっと疲れてしまった。

「朝からやな感じだねえ」

「あ、おはよう梨花《りか》ちゃん」

背後からひょっこりと顔を出してきた梨花ちゃんは、小森くんたちのほうを見つめながら苦虫《にがむし》を噛みつぶしたような顔をしていた。

「小学校からだから、もう慣れたよ」

「あんなもんに慣れちゃだめだって。がつんと言ってやりなよ。佳織がにこにこして許すから図に乗るんだよ。かっこつけちゃってバカみたい」

「あはは」

たしかに小森くんは、調子に乗りやすいタイプだ。小学校時代から変わらない。梨花ちゃんも私も同じ小中学校出身なので彼のことはよくわかっている。

「調子に乗りやすいバカではあるけれど、悪いやつじゃないはずなのになあ」

「そうだねえ」

小首を傾げる梨花ちゃんに同意をしたものの、彼は私の中で最も苦手な、いやなやつでしかない。

彼、小森真也《しんや》くんは、人の注目を集めることが大好きで校内でもよく目立つタイプだ。それがそのまま成長し、派手な服装と言動、そして持ち前のコミュニケーション能力で高校でもつねに友人に囲まれている。男女問わず友人が多いので、梨花ちゃんの言うように悪い人ではないのだろう。

でも、そんなこと私には関係ない。

彼はなぜか私に目をつけてなにかと絡んでくる。小学四年生のときに一度同じクラスになったけれど、話をした記憶はほとんどない。それ以来同じ学校でも同じクラスになったこともなにか特別な関わりがあった記憶もない。にも拘《かか》わらず、すれ違えば文句を言われるし、なぜか怒られたこともある。

「なにぶさいくな顔して笑ってんだよ」「自分の意見とかねえのか」「人の顔色窺《うかが》ってんじゃねえっての」「自主性のないやつは鬱陶《うっとう》しい」

数え上げたらキリがない。

あんなひと、大きらい。

なんて、口に出して言えないけれど。

「あいつはなんであんなに佳織に絡むのかねえ」

「なんとなく癇《かん》に障《さわ》るんじゃないかな。それか、私がなにか小森くんにしちゃったん

だよ」

そうでなければ理解できない。

仮に彼なりのなにか理由があったとしても、私にはどうでもいいことだ。

モブキャラの私は、当たり障りなく日々を過ごすので精一杯。親しい友人がいて、クラスメイトとはそれなりに仲よく話をし、決して誰かと揉めることのないように。

そうするには笑っていればいいことを私は知っている。それが一番ラクな方法だ。

誰かのためではなく、自分のために。

だから、小森くんのことも笑ってスルーするのが一番。

それに今は小森くんなんかよりも気になることがある。知里ちゃんは一方的に話して去ってしまったので、事情がよくわからないままだ。

「ねえ……澄香ちゃんの話って本当なの？」

「ああ、その話ね。昨日の夜にSNSで回ってきたよ」

なるほど、と声が漏れる。私はSNSを一切やっていない。というのも、スマホではなく未だにガラケーと呼ばれるパカパカの携帯電話を使っているから。

「佳織もそろそろスマホにしたらいいのに」

「したいんだけど、お母さんがなかなか許してくれなくてね」

そう笑って返事をしたけれど、この先、少なくとも高校生のあいだはスマホにするつもりはない。お母さんに頼むのも面倒だし、性格的にも向いてなさそうなのでSNSをしたいとも思っていない。ただ、煩《わずら》わしいことがない代わりに、こういう情報に疎《うと》くなるのが難点だ。

梨花ちゃんの情報によると、金曜日の夜に澄香ちゃんが川に入っていくのを見かけた人がいたらしい。危ないから注意をしようとしたところで溺れて流されてしまい、すぐに119番通報をして助けられたということだ。

ただ、意識不明の重体だとか。

「澄香ちゃんが自分から川に入っていったの？」

「らしいよ。だから、さ」

梨花ちゃんが声のトーンを落として私に顔を近づける。

「自殺なんじゃないかって」

耳打ちされた単語を、私は脳内でうまく処理ができなかった。へ、と間抜けな声を発してぽかんと口を開けていると、梨花ちゃんはなにかに気がついたらしく「ヤバ！」と顔をそむけた。その直後、私の背後をひとりの男の子が通り過ぎる。

視線を向けると、沈んだ表情の楠山《くすやま》くんが重い足取りで教室に向かっていた。

いつもはつねに笑顔で、周りの人を優しい気持ちにさせる不思議な魅力があるのに、今日は見ているだけで苦しくなるような空気を纏っている。柔らかそうなこげ茶色の髪の毛も、いつもより重く感じた。

「……聞こえたかな？」

梨花ちゃんは気まずそうな顔をしている。けれど、彼は周りの雑音なんか耳に入っていないのではないかと思った。おそらく、それどころではないのだろう。

澄香ちゃんは楠山友《とも》くんの彼女なのだから。


睦月澄香ちゃんは、私のクラスの学級委員長だ。

同じクラスではなかった一年の頃から、私は彼女の存在を知っていた。目鼻立ちのはっきりした整った顔立ちだというのもあるけれど、それ以上に彼女は誰からも信頼される、いわゆるどこにいてもみんなの中心にいる、優等生だったからだ。

いつだって自分の意見をはっきり口にして、それでいて偉そうではなく、いろいろな生徒に話しかけて親しくなる優しい子だった。そして困ったときは必ずなんとかしてくれるという頼もしさもある性格だった。

去年、文化祭のときに一年と三年のクラスのどちらが残り一枠しかない飲食店をするかで揉めたことがあった。先に希望を申請し、通ったのは澄香ちゃんのクラスだ。三年のクラスは締切りを過ぎたため展示になった。それが納得できない、最後の年だから交換しろと先輩たちが当時も学級委員長だった澄香ちゃんに言ってきたのだ。

けれど、澄香ちゃんは決して首を縦には振らなかった。

「わたしたちは締切りを守り、すでに作業を始めています。それを無駄にすることはできません」

騒ぎに集まった野次馬《やじうま》が「おお」と声を上げた。

「先輩方がすべきことは、まだ来年再来年もあるからという理由で一年に交換を強要することではなく、文化祭実行委員に飲食店数を交渉することです。先輩方の失敗は、極力他人に迷惑をかけない方向で挽回《ばんかい》してください」

はっきりとそう言い放った。

先輩たちは悪態をついて去っていった。文句を言いながらもがっくりと肩を落とした背中を見て、ちょっとかわいそうだなと思ったのを記憶している。

でも仕方がない。先輩たちが間違っているのだ。

普通なら無事撃退したところで話が終わっていたかもしれない。でも、そうじゃないのが澄香ちゃんのすごいところだ。先輩たちにああ言いながら、澄香ちゃん自身が先輩たちのために、そしてクラスのために、文化祭実行委員に飲食店出店数を増やしてもらえるようにと頭を下げて頼んだらしい。その結果、特別にと許可を得たのだ。

三年のクラスに出向き「よかったですね」と菩薩《ぼさつ》のような笑みを向けていた、と誰かが言っていた。

この事件を知らない同級生はいない。

そんな澄香ちゃんの彼氏である楠山くんは、彼女とはまた違った意味でみんなの注目を集める男の子だ。

特別スタイルがいいとかかっこいいとか、そういうわけではない。けれど、どこか憂《うれ》いのある色気があり、女の子にはもちろん、男の子にも優しかった。彼が怒った姿を見た人は誰もいない。いつもにこにこしていて、頼まれたらなんでも引き受けてしまうからみんなに慕《した》われていた。下手すればいいように使われてもおかしくないのに、そうならないのは彼に芯が見えるからだろう。決してぶれない、折れない、優しい柱が彼の中にあるのだ。

彼と面と向かって話していると毒気《どくけ》を抜かれる、と学年でも問題児として有名だった男の子が言っていた。彼に頼られるとなんとかしてあげたくなる、と偉そうにしていた先輩が噂していた。

いわゆる爽やか系、癒《いや》し系男子。

澄香ちゃんが文化祭で上級生と揉めた際も、別のクラスの学級委員長だった楠山くんは協力したらしい。それがきっかけなのかはわからないが、二年に進級してすぐ、澄香ちゃんと楠山くんは恋人同士になった。

楠山くんに中学時代から付き合っていた彼女がいたことは学年でも有名な話だった

のでし、突然のビッグカップル誕生にみんなが衝撃を受けた。噂によれば楠山くんはすでに別れていたらしいけれど、その辺が曖昧《あいまい》だからか「楠山くんが心変わりした」とか「澄香ちゃんが強引に別れさせたのではないか」なんて下世話《げせわ》な話をする人も多かった。

　でも、そんなものはほどなくして消えた。

　そのくらいふたりはお似合いだったのだ。

　学校から駅までのあいだにある河原で、ふたりはよく話をしていた。ふたりが一緒にいる姿はそれだけでなんかこう、特別なオーラみたいなものが醸《かも》し出されていて、誰もそれを邪魔できない雰囲気があった。風が吹いて乱れた澄香ちゃんの髪の毛に触れる楠山くんの優しい手つきだとか、楠山くんに声をかけるときの澄香ちゃんのちょっとうれしそうな口元とか。ふたりが相手をいかに大切に想っているかということは結構見ていてわかるものだ。

　一度、相合い傘をしながら帰るふたりの後ろ姿を見かけたことがある。澄香ちゃんはぴったりと楠山くんに寄り添っていて、楠山くんは手にしている傘を澄香ちゃんに寄せて歩いていた。

　澄香ちゃんは目が合った私に「バイバイ」と手を振ってくれて、楠山くんは笑みを浮かべて会釈《えしゃく》をしてくれた。優しいふたりが一緒にいると、こんなにも温かな空気を放《はな》つのかと感動をした。

それから、私はふたりのファンになった。

幸せそうだった。

たくさんの友人がいて、みんなに信頼されていて、恋人と仲もよくて。ふたりは自信に満ち溢れていた。

少なくとも私にはそう見えていた。


ひとりで廊下を歩いていく楠山くんの背中を見つめる。

ふたりに比べると、私は目立たない、どこにでもいる普通の高校二年生だ。澄香ちゃんとは二年で同じクラスになってから何度か話したことがあるだけで、友だちと呼べるような関係ではない。楠山くんに至っては、認識もされていないだろう。

笑顔で私に話しかけてきた澄香ちゃんを思い出す。私のものとは違う、純粋なその微笑みが眩しかった。その表情からは、自殺につながりそうなものはなにも感じ取れない。

「なにがあったんだろうね、本当に」

廊下を歩きはじめると、梨花ちゃんがひとりごちた。

「……なんだろう、ね」

それをすくい上げて、私もぽつりと呟《つぶや》く。

澄香ちゃんも、人知れず悩みを抱えていたのだろうか。

まだ自殺未遂だと決まったわけではないけれど、仮に澄香ちゃんが自殺しようとしていたとなれば、私なんかの悩みとは比べ物にならないような、なんか、こう、すごい理由があるに違いない。


教室に入ると、空気はどんよりと重く暗く、澄香ちゃんと仲のよかった沢倉《さわくら》さんたちはずっと啜《すす》り泣きをしていた。いつもは騒がしい男の子たちも今日はおとなしく、まるで澄香ちゃんは死んでしまったのではないかと思うくらいだった。

気持ちはわかるけれど、四六時中悲しんでいても澄香ちゃんが目覚めるわけでもないし、そもそももう二度と会えないかのように泣いているのも、自殺と決め込んでショックを受けているのもどうかと思ってしまう。

もちろん、私も今日一日はずっとしんみりした表情で過ごしたのだけれど。

放課後までずっとそのままだったので、帰るときには疲労困憊だった。

はあーっとため息を吐《つ》きながら、早めに塾に行って休憩室で少しひとりでのんびり過ごそうと、さっさと荷物をまとめていると、

「無理です！」

と、大きな声が教室に響いた。視線を向けると沢倉さんと担任の先生が向かい合ってなにやら話をしている。どうしたのだろうと見ていると、私に気づいた沢倉さんが「浅田さんでいいじゃん！」と指をさした。

「え？　え？」

戸惑う私に沢倉さんが近づいてきて「浅田さんはおとなしいけどしっかりしてるし」と先生に力説する。でもなあ、とか、ううーん、と悩む先生に「あの」と声をかける。

「どうしたんですか？」

なんの話をしているのかさっぱりわからないのだけれど。

「ああ、来月の合唱コンクールに向けての話し合い途中だっただろ？　今週に最後の話し合いがあるんだけど……その、睦月がいないからかわりに沢倉に仕切りをお願いしたんだ」

なるほど。

先生の説明でやっと状況を理解できた。

クラスでの話し合いは学級委員長である澄香ちゃんが司会を務めていた。先生が澄香ちゃんのかわりに、仲のよかった、また結構クラスで発言力もある沢倉さんに声をかけるのはわかる。

でも、失礼だけれど沢倉さんはそういうまとめ役には向いていない気がする。面倒くさがりで、日直の仕事も結構手を抜いているくらいだ。

そんな彼女と目が合ったことを恨むしかない。

「澄香のお見舞いもあるし、今はそんな気分になれない」

私に押しつけようとしているのがありありと伝わってくる。

「浅田さんとかのほうがうまくいくと思う。いつも落ち着いているしさあ」

「あー……じゃあ、浅田はどうだ？」

あまりに沢倉さんが拒否するので、先生が私をうかがうように見た。クラスメイトがいる中でそう言われてしまった私に断わる方法なんてない。

「私にできるか自信はないですけど、私でよければ」

困ったように、けれど一応笑いながらそう言うと、みんながほっとしたのがわかった。みんなも、いつ自分が指名されるのかと緊張していたようだ。

そう言わなければいけない空気だった。私が断れば別の人が先生に頼まれて、そして断わる。結局、私に話が戻ってくるのが目に見えている。そう考えて引き受けたほうがいいと判断しただけのこと。

気が重い。けれど、仕方がない。

なんだか今日は本当にいろいろ疲れる日だ。そのせいもあり、予備校で授業を受けてから家に帰る頃には普段の数倍へとへとになっていた。

「ただいまあ」

十時過ぎに帰宅し、ため息混じりに声をかけて靴を脱ぐ。と、リビングから「遅かったじゃない！」とお母さんが飛び出してきた。

「どうしたの？」

顔に疲れが滲《にじ》まないように笑顔を貼りつける。不満なんか微塵《みじん》も感じていない表情をしなければならない。

「ご飯冷めちゃったじゃないの！」

「ああ、そっか、ごめんね。今日はなに作ってくれたの？」

にこにこしながらお母さんのそばを通り過ぎてリビングに入る。テレビの前ではお父さんがビールをちびちびと飲んでいて、私を見て「おう、おかえり」と少しげんなりした様子で言った。お母さんは「もう！」となにかに怒りながら私のご飯の準備をしはじめる。

カバンをソファに置くついでに「なにかあったの？」とお父さんに小声で訊くと、あーと言いながら二階に視線を向けた。

「お姉ちゃんとちょっとな」

「……そっか」

またか、と思いながらテーブルについた。

どうやらお姉ちゃんとお母さんがずいぶん大きなケンカをしたようだ。それを、お父さんは気配を消しながらこの場所でやり過ごしていたのだろう。お姉ちゃんが二階に上がってからはお母さんに八つ当たりもされたはず。

　いつものことだ。

「ほら！　さっさと食べちゃいなさい！　お風呂も早く入りなさいよ！」

「あ、ありがとう」

　ひとりでぷんぷんしているお母さんに巻き込まれないように、引きずられないように、心を落ち着かせて普段どおりに（いつもよりも優しいかもしれない）接する。笑顔を絶やさず、お母さんの意見を否定せず、言われたとおりに振る舞う。それに神経を集中させているのでご飯はちっとも美味しく感じられなかったけれど、残すとまた家の中が荒れるので必死に口の中に詰め込んだ。

　ご飯を早めに食べて、そのまますぐにお風呂に入り、髪の毛を乾かし洗濯物を回すお母さんを手伝い、そして自分の部屋に戻る。それはお父さんも同じだった。普段はビールをもう一本と強請《ねだ》るのにそれもせず、グラスを流しに運び、空き缶もちゃんと分別してゴミ袋に入れる。その甲斐《かい》あってか、お母さんの機嫌は少しだけ落ち着いてきたように見えた。「おやすみ」と声をかけると「はい、おやすみ」とそっけなくでも返事をしてくれただけマシだ。

学校でも家でも、今日は散々だ。

「いつも悪いね」

階段をのぼると、お姉ちゃんの部屋の前で声が聞こえた。足を止めるとお姉ちゃんが少しだけドアを開けて私を手招きする。

「いやあ、優秀な妹がいて助かるよ」

私に気を遣っているのか、中に入ると床にクッションを置いて私に座るように促す。

「明日の朝には多分、いつもどおりになると思うけど」

「さすが」

「お父さんもすごく肩身狭くしてたよ」

だよねえ、とお姉ちゃんは笑った。

お姉ちゃんは私よりも三歳年上の大学生だ。女子大に通っていて将来は保育士になるつもりらしい。おしゃれないまどきの女子大生という感じだけれど、決して派手なタイプではない（私のお姉ちゃんだし）。ただ少し、好奇心が強くアクティブだ。そのせいでたまにお母さんの逆鱗《げきりん》に触れてしまうことがある。連日外泊だとか、帰宅が遅いとか。たまにお姉ちゃんのせいではなく、お母さんの虫の居所が悪いときは、重箱のすみをつつくような些細《ささい》なことでもスイッチが入る。

そうなったときのお母さんは、正直手がつけられない。

ヒステリックに叫び怒り暴れる。被害妄想《ひがいもうそう》スイッチが入るとなにを言っても耳を傾けてくれないし、むしろ責められていると思い込んで相手を罵倒《ばとう》する。話が通じないので怒りが収まるのを、怒りを増幅させないように気を遣いながら待つしかない。

　私の場合はそうするのだけれど、お姉ちゃんは真っ向から立ち向かうので被害が拡大するばかりなのだ。真正面から受け止めたって、なんにもならないことくらいお姉ちゃんだってわかっているはずなのに。

　幼いときは突然気性が激《はげ》しくなるお母さんにどう対応していいのかわからなかった。どれだけ泣いて謝っても許してくれなかった。私をかばえば事態が悪化するだけだったのでお姉ちゃんもお父さんも黙って見て見ぬふりをする。あとでごめんね、と謝られるだけ。

　世の中には話が通じない相手がいるんだと、幼いながらに気づくことができた。泣いたって怒ったって無駄だということも。ならば、一分一秒でも早くこの時間を終わらせるほうが得策だ。

　その結果、いつの間にかお母さんを宥《なだ》めるのが私の役目になってしまった。

　学校でも聞き手に回ることが多く、人と揉めないように取り繕ったり、当たり障りのない反応しかできないのもお母さんに対する振る舞いが染みついて癖《くせ》になっているからだろう。

「で、今日のケンカはなにが原因だったの?」

「明日と明後日は晩ご飯いらないって言っただけ」

お母さんは、せっかく毎日ご飯を作っているのにいらないなんて自分を蔑《ないがし》ろにされている、とでも感じたのだろう。お父さんも先月同じような内容でお母さんのヒステリースイッチを押してしまったのを思い出した。もちろん、同じ内容でも、まったく怒らないときもあるのだけれど。だからこそ、ややこしい。

「いやあ、本当に妹に迷惑かけるねえ。佳織が我慢できなくなったときはお姉ちゃんが守ってあげるからね」

「ありがと」

調子のいいことを言うお姉ちゃんに、ふっと吐息に混ぜるように笑った。

本当にそんなことになっても手を差し伸べてはくれないくせに。誰だって被害をこうむりたくはない。私だってそうだ。だから。

「じゃあ部屋に戻るね」

なにも気にしないで笑っているのが一番ラク。

たとえ、お姉ちゃんのせいで家でもゆっくりできない状況になったことを不満に思っているとしても。

お姉ちゃんと話していたことがお母さんにばれないように、足音を消して自分の部屋に戻った。ひとりきりになって、やっと肩の力を抜くことができる。

部屋にあるテーブルの上に視線を向けると、一枚のポストカードが目に入った。右上が破けているのは、天敵小森くんのせいだ。

雨のイラストで、真ん中にいる女の子は雨合羽《あまがっぱ》を着てなおかつ傘を差している。〝雨をよろこぶ日もあっていい〟とかわいらしい手書きの文字で書かれていて、雑貨屋で見かけたときに購入したものだ。前向きなのに強制的でない物言いが気に入って、私は手帳に挟んで持ち歩いていた。それを、運悪く小森くんに絡まれたときに落としてしまった。

案の定、小森くんに「こんなの大事にしてんのかよ」と意味のわからない理由でバカにされた。

「でた、名言系」「これで癒《い》やされてんの?」「いまどきだせぇ」

好き勝手言われるのはいつものことなので、気にせず平静を装い「返して」とポストカードに手を伸ばした。そのときに彼も思わず力を込めてしまったらしく、破けてしまったのだ。当然小森くんは「お前が急に手を出すから」とバツが悪そうにしつつも謝ることはなかった。本当に高校生とは思えないガキっぽさに呆れてしまう。

そんなときに現れたのが澄香ちゃんだった。

――『雨の絵、好きなの?』

近づいてきて私のポストカードを覗き込みながら訊いてきた。そして、かわいいイラストだね、と言って微笑んでくれた。突っ立っていた小森くんに、謝りなよ、と怒ってくれた。

短い髪の毛は彼女の芯の強さの象徴に見えた。大きな瞳は自信の現れだと思った。教室でさほど目立つことのない私に、何度も「佳織ちゃん」と呼びかけてくれた。

理不尽にも、脅威にも、無謀《むぼう》とも思える人にも、立ち向かえるのは、負けない心の強さがある人だけ。

私にとってそれは澄香ちゃんだった。

そんな澄香ちゃんだ。きっと、目を覚ますだろう。それに、自殺未遂でもない。

窓を開けると、少し湿った空気が流れ込んできた。

もしかすると明日は雨かもしれない。


私みたいなちっぽけな人間の望みはそうそう叶うものではない。

あれから四日経ってもお母さんの機嫌は相変わらず悪いし、お姉ちゃんもうんざりしてきたのかイライラしている。お父さんはそんな家にいたくないのか連日帰りが遅く、それがますます家の中の空気を悪くしていた。

「いつまでのんびりしてるの、遅刻するわよ！」

いつもどおりの時間に起床してご飯を食べているというのに、お母さんに文句を言われてしまった。「そうだね」とへらっと笑って朝ご飯を終わらせる。するとお母さんは「こんなに残して！　もったいない！」とまた金切り声を上げた。

なにも悪いことをしていないのに怒られているのが不思議で仕方ない。

「お母さんが急《せ》かすからでしょ。朝からなに不機嫌になってるのか知らないけど、佳織に八つ当たりして大声出さないでよ、うるさいんだから」

そばにいたお姉ちゃんが持っていたマグカップをダン、と机に置いてお母さんに反論する。

「なによ、お母さんが悪いっていうの！」

「まあまあ、ごめんねお母さん、明日はもう少し早く起きて食べるから」

お姉ちゃんとお母さんのあいだに入って慌てて止めると、ふたりは不満げに口をつぐんでそっぽを向く。そのとき、お姉ちゃんが「佳織がいつも笑って甘やかすから」と呟いたのが聞こえた。

一体いつまでこの調子なのか。

ため息を吐いてしまいそうになり、慌てて飲み込みながら「行ってきます」と笑顔で家を飛び出す。あのふたりを家に置いていくことに不安はあるけれど、これ以上作り笑いをするのも面倒くさい。

いつもなら私も一日でこんな気持ちは解消できるのに。

空からは雨が降り注いでいて、傘を開くとぱっと水飛沫が舞う。

お母さんが不機嫌なのは雨のせいもあるだろう。低気圧で偏頭痛《へんずつう》がするらしいし、洗濯物も乾かない。なによりじめじめしていて不快感がある。

私自身は雨の日がきらいではなく、むしろ好きなくらいだ。けれど、我が家のために明日には晴れてほしい。あいにく、天気予報ではまだしばらくスッキリしない日が続くと言っていた。

家の中は相変わらずではあるけれど、教室の雰囲気は少し落ち着いてきた。

とはいえ、澄香ちゃんは意識不明のままで、命に別状はないらしいがいつ目覚めるかはわからないとのことだ。

早く、戻ってきてくれたらいいな。

教室が明るくなるのはもちろんのこと、澄香ちゃんは華やかさがある。教室に入ってくるなり「おはよー」と挨拶するあの声がないだけで、いつもと違う一日が始まるのだと実感する。彼女から発せられる陽のパワーがみんなをまとめていたのかもしれない。

……そういえば今日は六時間目に合唱コンクールの話し合いがあるんだっけ。

思い出したくないことが頭を過《よぎ》り、気持ちがずんっと沈む。私が教壇に立ってみんなの意見をまとめるだなんて、本当にできるのだろうか。

スムーズに進めばいいけれど……どうなるのか不安で仕方がない。

気の重さを感じながら電車に乗って学校に向かい、そこからとぼとぼと歩いていると「浅田じゃん」と聞きたくない声が聞こえてきた。

「あ、こ、小森くん。おはよう」

振り返ると、小森くんが私を見て小バカにしたように笑っている。雨の日でもハリネズミの髪の毛だ。触れると痛いんだろうな。

「朝から浅田に会うとかツイてねえなあ」

「今日はちょっと、家出るの早かったから」

ツイてないのはこっちのセリフだけどね、と心の中で悪態をつく。

きらいならば話しかけずに無視すればいいものを、わざわざ自ら声をかけてくるような人だ。まともな会話ができるとは思えない。

「相変わらずなんつーか、ブスだなお前は」

「あはは、ひどいなあ」

「なんか笑ってんのに陰気《いんき》臭えんだよ」

それはあなたが隣にいるからですよ、と言えばいいのか。っていうかなんで隣に並んで一緒に学校に向かっているのか。彼の大きめの紺《こん》色の傘が私の傘にぶつかって、大きなしずくが肩に落ちてきた。

「雨といえば、お前が持ってた変な名言のカードあったな」

「あ、ああ……」

小森くんがそんなものを覚えていたことに驚く。

「趣味が悪いやつ。そういや破れたんだっけ、うはは、悪かったな。お前の心の拠《よ》り所《どころ》の名言をゴミにしちゃって」

「気にしなくていいよ、ただのポストカードだし、家に置いてあるから」

「え？　まだ持ってんの？　破れてんのに？　そんなに大事なのかよ、あんなもんが」

なんでこの人はこう、いちいちむかつくことを言うのだろう。思考回路がどうなっているのか皆目《かいもく》検討がつかない。ははは、と愛想笑いをするも疲れてしまう。耳を塞ぐことができればいいのに。

どこかで適当な理由をつけてこの人と別れたい。先生のところに寄らなくちゃいけないことにして先に学校に向かおうか。

そう思ったとき。

「浅田さん、だよね」

と、横から名前を呼ばれた。

え？　と声にならない声を漏らしながら視線を向けると、楠山くんが透明のビニール傘を差して立っている。私よりも頭ひとつ分ほど高い身長と、いつもの笑顔ではなく、神妙な顔つきが少し怖く思った。

「どうした、友。お前浅田と知り合いだったっけ？」

驚く私の代わりに、隣にいた小森くんが答える。

「ああ、ちょっと、浅田さんに訊きたいことがあって。真也《しんや》と話してるところ邪魔して悪いけど、今いいかな？」

「あ、はい」

一体私になんの用事があるのだろう。それに、私の名前を楠山くんが知っていることにも驚きを隠せなかった。周りにいた生徒たちも、なんだなんだと興味深そうに私たちに視線を向ける。楠山くんもそれに気づいたのか「ここじゃ話しにくいよな」と言って私の手を掴んだ。

「え？」

「ごめん、真也、またな」

私の戸惑いを無視して楠山くんは足早に学校に向かって歩きだした。

っていうか、手を握られているんですけど。男の子と手をつないで歩くとか初めてなんだけど。手汗がじわじわと浮かんでくるのが自分でわかって顔が真っ赤に染まっていく。

連れてこられたのは、校舎のすみっこだった。近くには体育館があり、反対側にはグラウンドが見える。始業前のこの時間はひと気のない場所だ。

「雨なのに、こんなところでごめんね」

「あ、いや、大丈夫だ、けど」

足を止めて振り返る楠山くんは、自分がなにを握っているのかまったく気づいていない様子だった。あの、その、ともじもじしていると「あ！」と慌てて手を離す。

「ごめん、勝手に手をつないじゃって。その、俺、人にすぐ触れちゃうっていうか。って、なんか変態みたいだけどそうじゃなくって」

さっきまで人気者の男の子らしい落ち着いた余裕のある雰囲気だった彼が、顔を真っ赤にしてごめんねごめんね、と頭を下げる。楠山くんの意外な一面に、大丈夫です、と言いながら笑ってしまった。楠山くんも私と同じように恥ずかしいとか感じるんだ、と思うと少し親近感が湧く。

何事かと身構えていた気持ちが少し解けて「あの、話って？」と切りだした。

雨音がパチパチと傘を鳴らす。おまけに目の前は今まで面と向かって喋《しゃべ》ったことのない楠山くん。今いるこの場所が非日常に思えた。

「浅田さん、澄香と仲よかった、よね」

「……え？」

内容が即座に理解できず素《す》っ頓狂《とんきょう》な声を上げてしまう。

澄香ちゃんと私が、仲がよかった？　って、どういうこと。

「いや……仲が悪いわけではないけど、私なんかよりも沢倉さんとかのほうが」

「そう、なの？　澄香がたまに浅田さんの名前を口にしてたから、てっきり」

澄香ちゃんが私の名前を？　話題に出されるような接点はあっただろうか。

小首を傾げていると「そうだったんだ……」と楠山くんはあからさまに肩を落として途方に暮《く》れたような顔をした。

あまりの落ち込みように、申し訳なくなる。湿気のせいで髪の毛が少し萎《しぼ》んでいるからか、捨てられた子犬のように見えてしまった。

「答えられるかはわからないんだけど、もしわかることなら」

自信はないけれど、この場を離れるのは憚《はばか》られる。とりあえず話だけでも訊いておこうと訊《たず》ねると、楠山くんはしばらく黙ってしまった。けれどなにかを話したそうに口を動かしているので、じっと待つ。

すると、意を決したように顔を上げた。

「……澄香のことを、教えてほしくて」

えーっと、と言葉を濁《にご》しながら、それこそ沢倉さんに訊いたほうがいいだろうなあと思う。どうして私なのだろう。

澄香ちゃんについて私が知っていることは、他の生徒と変わらないくらいのものしかない。そんな考えを私の表情から読み取ったのか、楠山くんは「沢倉さんたちにも訊いたんだけど……」と苦笑した。

「明るくて、しっかり者で、みんなから頼られている女の子だって」

私の印象と同じだ。おそらく誰に訊いてもそう答えるだろうとも思う。

なにか答えなくちゃと「私も、そう思う」と言うと、楠山くんは視線を地面に落として「だよなあ」と呟いた。視線と同じように傘も傾く。

「俺にとっても、澄香はそういう女の子だった。一生懸命で、まっすぐで……。一緒にいるときもつねに優しかった。俺が弱音を吐いたら、いっつも励ましてくれた」

楠山くんは自分の左手をじっと見つめる。それは、いつも澄香ちゃんとつながっていたほうの手だった。いつも、楠山くんは右側で、澄香ちゃんは左側。

楠山くんの口調から、もしかして泣いているのではないかと思った。震える声で彼がどれほど澄香ちゃんのことを大事に思っているのかが伝わってきて、胸がぎゅうぎゅうと締めつけられる。なにもできない自分がもどかしく思えた。

でも、かける言葉が見当たらない。

黙ったままじっとしていると「そっか」と呟いてから楠山くんが顔を上げた。泣いていなかったけれど、苦痛を噛《か》み殺したような笑顔は見ているだけでつらい。

「もしかしたら、浅田さんはなにかちがう面を知ってたりするのかなって」

「どうして、そう思ったの？」

「浅田さんのことを話しているときの澄香が、羨《うらや》ましそうに見えたんだ」

澄香ちゃんが私を羨ましいと思うはずがない。別の人と間違っているのではないか。

「変なこと訊いて、ごめん」

「あ、いえ、こちらこそ。なんか、ごめんなさい」

ふっと笑みをこぼしてから楠山くんは頭を下げる。釣られるように私も頭を下げてから、改めて彼の顔を見つめた。目の下には薄っすらと隈《くま》があり、どこか表情も力ない。よく考えれば当然だ、彼女の澄香ちゃんはまだ病院で眠ったまま。心配で仕方がないだろう。

それに加えて、自殺未遂の噂まである。

「ごめんな」

楠山くんはもう一度そう言って去っていく。

ほんの少しでも、彼の気持ちを軽くできるようなものが私にあればよかったけれど、そんなものはなにひとつない。

澄香ちゃんと私の関係は、友だちではなく、クラスメイトだ。

連絡を取り合うようなことはないし、放課後に遊びに行くような間柄でもなかった。話をするにしても、当たり障りのない会話だけだ。それもたまたま移動教室のときにタイミングが同じで一緒に廊下を歩いたときだったり、トイレで顔を合わせたときだったり。

……ああ、でも、一度だけ帰り道に話したことがあったっけ。

傘の中で空を仰ぐように上を見て、数か月前の雨の日のことを思い出した。

梅雨《つゆ》も終わりかけの頃だった。

朝から雨がぱらついていて、昼過ぎにはかなり激しいものに変わっていた。

授業が終わり予備校に向かうために学校を出たところで、傘を持っていないという澄香ちゃんと出会った。楠山くんが今日に限って友だちと遊びに行ってしまったらしく、途方に暮れていた澄香ちゃんに駅までよければ一緒に帰ろうと声をかけたのは私だ。

「傘、なくなったの？」

「ううん、わたし極力傘を持ち歩かないようにしてるから」

あはは、と明るく笑った澄香ちゃんに、ちょっとびっくりした。

「朝はどうしたの？　降ってたよね？」

「あのくらいの雨なら別に濡れてもいいかなって思って。こんなにひどくなるって知ってたらさすがに持ってきたんだけどなあ」

意外な一面だ。

「なんで傘持たないの？」

小雨でも濡れるのはいやじゃないのだろうか。

「立ち向かおうと思って。雨に。ほら〝雨ニモマケズ〟ってあるじゃない。宮沢賢治《みやざわけんじ》の。わたしあれが大好きなんだよね」

「へえ、そうなんだ」

小学校のときに習ったものだ。

雨ニモマケズ　風ニモマケズ
雪ニモ夏ノ暑サニモマケヌ丈夫ナカラダヲモチ
慾《よく》ハナク　決シテ瞋《いか》ラズ
イツモシヅカニワラツテイル
一日ニ玄米《げんまい》四合ト味噌《みそ》ト少シノ野菜ヲタベ
アラユルコトヲ　ジブンヲカンジョウニ入レズニ

ヨクミキキシワカリ　ソシテワスレズ
野原ノ松ノ林ノ蔭《かげ》ノ小サナ萱《かや》ブキノ小屋ニイテ
東ニ病気ノコドモアレバ行ッテ看病《かんびょう》シテヤリ
西ニツカレタ母アレバ行ッテソノ稲ノ束《たば》ヲ負ヒ
南ニ死ニサウナ人アレバ行ッテコハガラナクテモイ、トイヒ
北ニケンクヮヤソショウガアレバツマラナイカラヤメロトイヒ
ヒドリノトキハナミダヲナガシ
サムサノナツハオロオロアルキ
ミンナニデクノボートヨバレ
ホメラレモセズ　クニモサレズ
サウイフモノニワタシハナリタイ

澄香ちゃんは宙を見上げながら目を瞑り暗唱した。

「覚えてるんだ。すごいね」

「好きだから、覚えちゃっただけだよ」

私は最初のほうしか覚えていなかった。でも、どうしてそれほど澄香ちゃんがこの

詩を好きなのかはいまいちよくわからないし、傘を持たない理由にも結びつかない。

「すごい人って、こういう人なんだろうなあ」

「まあ、うん、そうだね」

　正直、大げさじゃないかなあという気もしないでもないけれど、たしかにこの詩のような人がいれば、すごい人だとは思う。

「でも、澄香ちゃんも、私にとっては似たようなすごい人だよ」

「えー？　佳織ちゃんわたしのことちょっとよく言いすぎだよ。図に乗っちゃうよ」

　澄香ちゃんはあはは、と口を大きく開けて笑った。彼女のこの取り繕わない豪快《ごうかい》な笑い方が私は好きだなあと思った。普段よりも、距離が近くなったように感じる。

「でも、わたしはまだまだ凡人だからさ」

　澄香ちゃんは水たまりを飛び越えることなく、そのまままっすぐに足を踏み出す。ぴちゃん、と小さな飛沫《しぶき》が靴や靴下にかかっても、まったく気にしていない。

「雨に負けないように、傘を持たないの。雨がきらいだから、宮沢賢治の〝雨ニモマケズ〟のように、立ち向かって、どんな雨にも風にも負けない、強いひとになりたいなって」

　私は濡れたくないから傘を差す。少しの雨でもすぐに傘を開く。それに雨自体きらいではない。しとしとと聞こえる雨音は心地いいし、雨の日に家の中にいるとなんだか閉じ込められているみたいな気がして、非日常感を抱く。

自分と違うからなのか、澄香ちゃんのことをかっこいいな、と思った。人の意見に流されることがない、自分の考えがありそれに自信を持てる強さは、こういうところから来ているのだろうか。

豪雨の中に傘も差さずに立つ澄香ちゃんを想像すると、すごく綺麗だった。

同時に、私とは根本的に違うんだと思い知った。

「澄香ちゃんって、絶対に倒れない大木みたい」

「あはは、そうかな。だったら、佳織ちゃんは葉っぱみたいだよね」

「えー？　どういう意味？」

くすくすと笑って訊いた。

「いつも、ふわふわしてて、風に、身を任せる感じかな」

あの言葉の意味を、私はどう受け止めただろうか。

多分よくわかっていなかったと思う。忘れていたくらいだ。なのに、思い出した今は胸がじくじくと痛む。

風に、身を任せる感じ。それって、つまりは自分がないってことなのかもしれない。澄香ちゃんは、私が普段のらりくらりと人と接していることに、気づいていたのだろう。

あれは決して褒《ほ》め言葉ではなかった。そう確信して、羞恥《しゅうち》でこの場からどこかに、誰もいないところに逃げ出したくなる。

「なに話してたんだよ」

「わ！」

楠山くんがいなくなったあと、ひとりでぼんやりと澄香ちゃんのことを思い出していると小森くんがひょっこりと顔を出して近づいてきた。

どうしてここにいるのか。

「澄香ちゃんのことで、訊かれただけだよ」

「どうでもいいけど」

「楠山くん、澄香ちゃんのこと心配なんだろうね」

小森くんの発言を無視するみたいに話を続けると「なに？　お前、友のこと気になってんの？」と言われた。なにがどうなってそうなった。

「やだなあ、私なんか相手にされないよ」

はは、と乾いた笑いを返して小森くんから目をそらす。

小森くんの横を通り過ぎて靴箱に向かおうとすると、彼は訝《いぶか》しげに私を見ていた。ほんの少し苛立ちも込められているような視線に内心ムッとしながら「遅刻しちゃうよ」と話しかける。

「お前って本当に、イライラするな」

舌打ち混じりに言われて、思わず言葉に詰まった。

こんなことを彼に言われるのは初めてではないのに、胸にぐさりとナイフを突き刺されたような痛みを感じる。

「ずーっとヘラヘラしてバカみてぇ」

そして、しょうもな、と吐き捨てるように言ってから、小森くんは私を追い越してスタスタと靴箱に向かって歩いていった。

勝手に彼が近づいてきただけなのに、置いていかれたような心細さを抱く。そんな顔は誰にも見られたくないと思い、傘を傾けて奥歯を噛んだ。

澄香ちゃんだったら、こういうときも小森くんに言い返すことができるだろう。

私は勝ち負け以前に戦いを放棄《ほうき》している弱虫だ。

とうとう今日一番憂鬱《ゆううつ》だった六時間目になり、話し合いが始まった。

「あの、前回の話し合いはここまで決まってて……他になにか希望とかありますか」

黒板に候補に挙がった曲名を書き出した。今日は曲を決めて、指揮者と伴奏者も決定しなければいけない。

はじめのうちはみんなそれぞれ意見を口にしてくれた。はやりの歌がいいとか、他の歌も候補に入れてほしいだとか。伴奏者はピアノ経験者の何人かの名前が挙がった。けれど、みんなの意見を一つひとつ受け入れるたびに話が広がるだけでまったくまとまらない。

結果、三十分経ってもなにひとつ決められず、みんなの集中力も下がっていく。意見よりも雑談で騒がしくなり、どうしたらいいのかわからなくなってしまった。

「静かにしろって！　せめて曲だけでも決めないと」

副委員長の男の子が騒がしい教室に向かって叫ぶ。「えー」とか「なんでもいいし」とかいう返事がちらほらあるものの、大半は関係ない話で各々盛り上がっている。

今日までに決めて先生に報告しなければいけないのに。

二年になってからこんなことは一度もない。文化祭の出し物も、修学旅行の班決めも、すべてスムーズに進んできた。クラスメイトももっと協力的だった。

「あ、あの、そろそろ決めないと」

困り果てている男の子の隣で勇気を振り絞り声を上げると「浅田さんなにか候補出してよー」とひとりの男の子が叫んだ。

「そういえば、睦月はいつも話し合いの前にいくつかピックアップしてくれたよな」

「もう今ある中から適当に決めたらいいじゃん」

ひとりが話しはじめると、次々にみんなが口を開く。

言われてみればたしかに澄香ちゃんは話し合いの前にいろんな下準備をしていたことを思い出す。今まで自然とそれを受け入れていたので言われるまで気がつかなかった。

でも、私はただの代理だ。

「仕切り役なんだからなんとかしてくれよ」

「睦月だったらうまいことやってくれてたんじゃねえの？」

「浅田が決めたら？　委員長代理だし」

あからさまに澄香ちゃんと比較され始めて、みんなに強くお願いができなくなる。

副委員長もいるのに、私だけが責められているような気分だ。かといって黙っているままでは前に進まない。ちらりと救いを求めるように副委員長を見るものの、彼も困ったように眉を下げていた。副委員長は元から書記のような仕事しかしていないので、戸惑っているようだ。

ここでオロオロしていても仕方がない。不手際《ふてぎわ》である自覚もある。

「澄香がいないとまとまらないよね」

女子のグループがそんな話をし始めた。澄香ちゃんと仲がよかった女の子たちだ。

「ほんとだよね。なんか時間の無駄じゃない？」

「話し合っても意味ないよねえ。今日はもうやめたらいいのに」

やめられるものなら今すぐやめてしまいたいと今一番思っているのは私だ。でも。

「澄香、大丈夫かな。早く元気になってほしいよね」

「……っ、澄香ちゃんはいないから！」

イライラしながら笑っているうちに、意識せずに思っていることを口に出してしまった。その瞬間、教室がしんと静まり返る。視線が集中したことで、やっと自分がなにを口走ったのかわかりはっとして口を閉じた。

別に怒ってるわけじゃなくて、とごまかそうとしたとき、

「どういう意味？」

と沢倉さんがぎろりと私を睨んだ。

一番仲がよかったからか、彼女だけは今週ずっと口数が少ない。話し合いでも口を閉ざしたままだった。今も澄香ちゃんが心配で仕方ないのだろう。

親友ともいえる子が入院しているのだ。それはわかる。

「あ、いや……澄香ちゃんがいたらって話をしても、仕方ないから、とりあえず話を」

「仕方ないってなに？　澄香は今苦しんでるんだけど」

沢倉さんが立ち上がった。論点が大きくずれている。それにそういう意味で口にしたわけでもない。神経質になりすぎている。

「それはそうなんだけど……」

どう言えば伝わるだろうかと考えを巡《めぐ》らせていると「沢倉なに怒ってんの」とひとりの男の子が呆れた口ぶりで言った。

「浅田の言うとおりだよなあ。話進めようぜ」「ちょっとそういう言い方やめなよ」「なんでだよ」「まるで澄香がいなくなったみたいに言わないでよ」「そんなこと言ってないじゃん」「大体なんでみんな普通にしてられるの?」「そうだよクラスメイトが入院してるんだよ」「そう言われてもねえ……」「あーもう面倒くせえな」「そもそもあんたたちが澄香の名前を出したんじゃない」「それとこれとは別だろ」「やめようぜこの話」「睦月はすごかったってことでいいじゃん」

それぞれ好きに口にして話がどんどんそれていく。

「みんなは澄香が目を覚まさなくてもいいと思ってるの!」

沢倉さんの感情が昂ぶって、声が教室に響く。

「そもそも澄香のかわりを誰かがするっていうのもおかしいじゃない! 澄香はいるのに」

いや、いやいやいや、そんな元も子もないことを言い出されても。

沢倉さんの発言に驚いたのかなんなのか、クラスのみんなは押し黙った。さっきまでの喧騒《けんそう》が風で吹き飛ばされたかのように、沈黙が落ちる。

「沢倉さん、ちょっと、落ち着いて……」

「大体浅田さんはさっきからなに笑ってるのよ、無神経すぎる！」

その言葉に、小森くんのセリフや今朝お姉ちゃんに言われた言葉が重なった。

一枚の葉が雨に濡れながら風に乗って、窓の外を通り過ぎるのが視界のすみに映る。

今までの自分。その行く末は、地面に落ちて誰かに踏まれるだけ。

バカみたい。小森くんの言ったとおりだ。

「……じゃあ、怒ればいいの？」

笑っているからってなにも感じないわけではないのに。

みんなの視線が私に集中する。言葉を続けなければと思ったけれど、喉《のど》が締めつけられてうまく言葉が紡げなかった。かわりに目頭が熱くなってくる。息を吐き出すだけで涙が溢《あふ》れてしまいそうになる。

切り上げなければ。

この場を収めて仕切り直さなければ。

そう思うのに声が出なくて涙を見せてしまうくらいならと、ぺこんと頭を下げてくるりと後ろを向いた。誰か――多分梨花ちゃんだろう――の私を引き止める声が聞こえたけれど、振り返らずに教室を飛び出した。誰の目にもつかない場所に行かなくちゃと唇に歯を立てる。まだだめだ、気を抜いたら泣いてしまう。泣きたくない。感情を顕《あらわ》にしたくない。

廊下をぱたぱたと小走りで進みながら必死に言い聞かせた。

結局そのまま誰も来ないであろう特別教室の近くの階段でうずくまって、残りの六時間目もSHR《ショートホームルーム》もサボった。気がつけば部活動の時間も終わり、校内はしんと静まり返っている。となれば、教室にも誰もいないだろうと思い、教室に戻りそっとドアを開けた。人の気配がないガランとした教室にほっと胸をなで下ろし、ぽつんとひとつ残っている自分のカバンを手にする。

中から携帯を取り出すと、梨花ちゃんから何度も電話とメールが入っていた。けれど、心配してくれている文面に返す言葉がなくそのまま閉じてカバンに入れ直す。

明日、どんな顔で教室に入ればいいのだろう。考えると気が重い。

はーあ、とため息を吐いてからくるりと振り返ると、ドアにもたれかかって私を見ている人物と目が合う。思いもよらない相手に「な」と声が漏れた。

「ど、どうして小森、くんがここに?」

なんで。

「梨花が探し回ってたから付き合ってやっただけ」

「小森くんが?」

戸惑う私に「早く帰るぞ」と小森くんが顎《あご》で呼ぶ。

パニック状態の私に小森くんは、梨花ちゃんがずっと半泣きで学校中を探し回ってくれていたこと、それを見て小森くんも暇だったから一緒に探してくれていたこと、カバンがあるから絶対教室に戻ってくると思ったのでこっそり待ち伏せしていたことを教えてくれた。梨花ちゃんは小森くんが先に帰らせたらしい。

とはいえ、どうして小森くんがここまでのことをするのか。

なにがあったのかは、おそらく梨花ちゃんに聞いているだろう。所々で「バカじゃねえの」とか「迷惑」とか口にしているものの、いつものような感じの悪さは抱かなかった。

「そんなんだからいいように使われるんだよ」

「そういうんじゃ、ないと思うけど」

「逃げ出しといていつまでお人好し思考続けるんだ、あほか」

たしかにそのとおりだ。

「でも」

「でもクソもねえよ。人の顔色ばっか見て合わせてるから途中で投げ出すようなことして迷惑かけんだよ。無理なら最初っからするんじゃねえよ」

「……私のしていたことはそんなに悪いことなの？」

足を止めてぎゅっと拳《こぶし》を握る。

ずっとその疑問が胸から消えてなくならない。そう思うのは、悪いと思えないからだろう。

「たしかに澄香ちゃんみたいに、強くはないけど、私は私にできることをしてただけなのに」

それがたとえ枯れ葉のような、ちっぽけな存在だとしても。

なにものにも身を任せてふらふらしているようなものだとしても。

人のためと言いながら自分のために行動していたことはわかっていた。でも、それのなにが問題なのだろう。私が納得しているのだから、責められる筋合いもない。イライラすることも多いけれど、自分の気持ちを自分で制御することのなにがだめなのか。

「私は自分とみんなが気持ちよく過ごせるようにしていただけ。当たり障りなく、誰の気分も損ねないように返事する、それってだめなことなの？」

小森くんは私を見て立ち止まったままだった。しばらく黙ってから「それってさ」といつもよりも少しだけ優しい声色で言った。

「結局誰とも向き合ってねえじゃん。誰の話もまともに聞いてないじゃん」

「……だと、しても」

お姉ちゃんとお母さんがケンカしているのを仲裁《ちゅうさい》することが悪いことなの。機嫌の悪いお母さんを笑顔にしようと思うことはおかしいの。思う存分ケンカすればすべてがうまくまとまるわけじゃない。どちらかが謝るまでの、長い長い苦痛の時間を過ごしたくないだけなのに。

思うままに行動できるお母さんやお姉ちゃんのことを羨ましいとは思わない。口々に好き勝手発言するクラスメイトの立場になりたいとも思わない。

あれらが正しいのなら、私は間違っていてもいい。

私の言葉に、小森くんはそれ以上なにも言わなかった。なにか考えているような顔をしたものの、そのまま無言で自分の靴箱に向かう。私も靴を履き替える。雨は朝よりも少し激しくなっていた。風があるからか、そばにある木々がゆらゆらと左右に揺れて、そのたびに葉がちらちらと地面に落ちていく。たまに痛そうに見えるほど枝がしなる。

その先に、傘も差さずに歩いている楠山くんの姿が見えた。

雨が彼を打ちつけているのをまったく気にしていないような足取りだ。なのに、泣いているのかな、と思う。

――『泣いても、雨が隠してくれるから』

ふと、澄香ちゃんの声が蘇った。

あの雨の日、一緒に相合い傘をしながら帰っていたとき、澄香ちゃんはふふっと笑って大きく一歩踏み出した。私の傘から抜け出すように。

「濡れるよ、澄香ちゃん」

「立ち向かいたいじゃない、雨に」

「でも、風邪引くよ」

このまま電車に乗り込むのも大変だろうと慌てて澄香ちゃんの頭上に傘を動かす。

ほんの数秒で、澄香ちゃんの髪の毛はしっとりと濡れてしまった。

慌てる私に澄香ちゃんは「ごめんごめん」と言って歯を見せる。

「でもさ、濡れるとラクなときもあるんだよ」

「え？」

「泣きたくなっても、泣いても、雨が隠してくれるから」

私からしたらなんでもできるように見える澄香ちゃんにも、そんなときがあるのだろうか。澄香ちゃんの泣き顔を思い描こうとしたけれど、ちっともできない。

けれど戦い続けるのは、立ち向かい続けるのは、苦しくなるときもあるのだろう。なにかに、負けてしまうことだってあるのかもしれない。

「澄香ちゃんはやっぱり、強いね」

そう言うと、澄香ちゃんは「どうかな」と肩をすくめた。

「佳織ちゃんのしなやかさも、強さだとわたしは思うよ」

でも、たまには雨に濡れるのもどう？　と言葉をつけ足してから私の傘を奪い取った。そして、慌てる私をくすくすと笑った。


一度開いた傘をそっと閉じて、昇降口の扉から外に出る。

バチバチと地面を鳴らすような雨が私に降り注ぐ。

六時間目を抜け出してから、ずっと人通りのない場所でうずくまっていた。涙を必死で我慢し続けた。誰かが急に現れても泣き顔を見られないように、教室に戻ったときに真っ赤な目で泣いていたと思われないように。誰にも気を遣われないように、遣わないで済むように。

雨の中でなら思う存分流せるのかもしれない。

でも、涙は流れなかった。

雨に濡れた姿でいたら電車の中でいろんな人にじろじろ見られてしまうだろう。制服を汚したら明日までに乾くだろうか。お母さんの機嫌がこのせいで余計に悪くなったら、お姉ちゃんにも迷惑がかかるし、私も面倒くさい。

そんなことばかり浮かんできて、泣きたかった気持ちまで雨に流されてしまった。

やっぱり私は澄香ちゃんとは違う。

「なにしてんの、バカなの？」

頭上に傘を差されて雨が止む。振り仰ぐと小森くんが怪訝《けげん》な顔をして私を見下ろしていた。私の傘とは違う大きな紺色の傘。

「……泣こうと思って」

「はあ？　意味わかんねえけど泣きたいなら泣けば？　だからって傘を差さねえ意味がわかんねえんだけど」

「誰にもばれないでしょ」

「いや、別に傘を差しててもばれねえだろ」

そう言って、頭上の傘を少しだけ傾ける。私の顔が、傘で隠れる。不意に浮かんだ涙は、傘の奥で誰にも見られないまま頬を伝って地面に落ちた。

——こっちのほうが、私らしい。

「別に浅田は悪くはねえんじゃねえか」

「え？」

「悪くはねえけど、もしもなんかあったら、さっきみたいに誰かにぶちまけろよ」

小森くんの話が、さっきの私の質問に対しての答えだとやっと気づいて「あ、うん」と間の抜けた返事をした。彼はなぜか満足そうに口の端を持ち上げている。

そういえば、私は今までこんなふうに小森くんと話したことがあっただろうか。そもそも、こうして真正面から彼の顔を見るのも、初めてかもしれない。

「コミュ力が天才的なオレに言わせたら、人付き合いに正解不正解はねえよ」

「……うん」

正直言うといろいろ突っ込みどころはあるのだけれど。今まで散々私に絡んできたのは誰だ。しかもコミュ力の天才だなんて、自分でよく言えるなと思ってしまう（私よりも社交的だとは思うけれど、あまり認めたくはない）。

澄香ちゃんのように、雨にも風にも負けないように踏ん張り立ち向かう強さに憧れているのも本音だ。そうなれたらいいなと思う。けれど、私は澄香ちゃんではないから、できない。人には向き不向きがある。

それに。

なんだかんだ、風に吹かれて流される葉っぱの自分も、きらいではないな、と思った。

「ありがとう」

「……っ別に！　お前のためじゃねえし！」

素直にお礼を伝えると、小森くんはぐわっと噛みつきそうな勢いで叫び、私に傘を押しつけてから雨の中に飛び込んでいった。

バシャバシャと地面の水を蹴り上げながら走っていく後ろ姿を、ぽかんと口を開けて見つめる。

一体、なんなんだ。

なんで私に傘を？

私の手元には小森くんの紺色の傘と、閉じられている私のブルーの半透明の傘。雨の日だとはいえ、二本の傘を持ち歩くのは少々恥ずかしい。

「変なの」

初めて、小森くんに対して自然な笑顔がこぼれた。


携帯に梨花ちゃんから『先生には、みんなで話をしたから』『佳織は気にしないでいいからね』『また明日！』とメッセージが届いた。そしてお姉ちゃんからは『アップルパイ買ってきたから早く帰ってきてー』というものも。アップルパイはお母さんの大好物だ。

足元には濡れて汚れて踏みつけられてくったりしている落ち葉があった。一枚だけではさびしいけれど、これが積もれば綺麗な秋色の絨毯《じゅうたん》が出来上がるのだろう。そこから見上げる立派な木々は、とてもかっこよく美しく見えるはずだ。

下からでしか見えない景色もある。そう思うと、悪くない。

紺色の傘を広げていると、自分の体がいつもより少し軽くなった気がした。

・・・・・・・・猫

数日ぶりに雨が止んだと思ったら、また降りだして、そして止んだ。

久々のお日様にほっとするけれど、地面はびしょびしょに濡れていて、昼寝場所を探すのもひと苦労だ。

ぼくしか知らない秘密の通路から、行きつけの学校にこっそりと忍び込む。地面が濡れているのでできるだけ汚れない道を選びつつ、珍しいものがあれば匂いを嗅《か》いで確認しながら奥に進んだ。

どこを歩いても体が汚れてしまう。

さっさと校舎の影に逃げ込んで、体をきれいにしてからゆっくり昼寝をしよう。

期待にしっぽを立てて毛先をふるふると揺らしながら目的地に向かい、腰を下ろす。

後ろ足を持ち上げて早速毛繕いをしよう、と思ったところで誰かが近づいてくる気配を感じた。動きを止めてじっと音のするほうを見つめていると、ひょこっとにんげんが現れる。

「あ、今日は来たんだな」

よくご飯をくれる少年か。この前、川の近くで見かけて以来だ。

「雨の日はあんまり来ないけど、この前の晴れの日もいないから心配したぞ」

言われて前の晴れている日にふらふらと散歩をしてちょっと迷子になったのを思い出した。ただ、優しいおばあさんのにんげんに出会いご飯をもらったうえに快適な寝場所まで与えてもらったからラッキーだったのだけれど。雨をしのげるし、他にも仲間がいるのであれからよく通っている。

悪いなにんげん、ぼくはきみだけの猫ではないのだ。

ふふんと偉そうな顔をしてみせる。けれどにんげんは満足そうに笑うだけ。相変わらずこの少年はつまらない。にこにこしているけれど、鈍感すぎていまいち反応が悪い。いつも隣にいた少女のほうがずっとちょろいというのに。

そう思ったところで、その少女がいないことに気がついた。

そういえば、なんか、川に入っていったような覚えがある。雨の日に物好きだなとぼんやり見ていた。

「はい、クロに」

考え事をしていると少年がご飯の入ったお皿をぼくに差し出した。

ださい名前で呼ぶなといつも言っているのに。ぼくの名前はピアノだと、何度言っても理解しない。ご飯がなければ喉を鳴らしてやらないところだ。

がふがふと鶏のささみとなにかが混ざったものを食べていると、「楠山くん」と初めて聞く女の声が聞こえた。いつも一緒にいるにんげんとは別の少女だ。

「あ、浅田さん」

　少年はさっとぼくを隠すように立ち上がる。ぼくもさりげなく草木のあいだに入り少女から身を隠した。ご飯の邪魔をするにんげんは敵に違いない。

「ご、ごめんね、ここに入っていくのが見えたから、つい」

「いいよ、どうしたの？」

「昨日、訊かれたことなんだけど……」

　少女が顔を伏せてもじもじする。ちょっとおとなしい雰囲気の女なのでこいつなら勝てそうだ。

「澄香ちゃんと、そんなに親しかったわけじゃないんだけど、でもひとつ思い出したことがあったから伝えておこうって思って」

「……なに？」

　少しだけ、少年の纏う空気がぴりっと緊張感を帯びた。

　ぼくの毛も少しだけ敏感になる。

「宮沢賢治の〝雨ニモマケズ〟が好きで、そんな人になりたいって。だから傘を持たないで立ち向かうんだって言ってた」

「そういえば、澄香は好きだったね」

「そして、雨に濡れたらもし泣いてしまっても隠せる、って言ってたの」

なんの話をしているのかぼくにはうまく理解できなかったけれど、たしかに濡れていたら泣いているのがわからない。にんげんはときどき頭がいい。

感心すると欠伸が出る。

「そんなことを？」

「私も澄香ちゃんは強くて優しくて、憧れの女の子だと思ってる。でも……弱い部分もある、普通の女の子だったのかなって」

どうでもいいから早く立ち去ってくれないかな。

ぼくのご飯が目の前にあるというのに。


「でも、だからって、自殺なんかでは、ないと思うよ」


少女は今までの口調よりも、意思を込めた力強い声色《こわいろ》で言った。「もしかしてって思ってるから、みんなに、私に訊いてきたんだよね」と少女が少年に問いかける。

少年はしばらく黙ったままだったけれど、小さく顎を引いて頷《うなず》いた。

「私はそれは絶対に違うと思う」

そう言われた少年は「ありがとう」と返して頭を下げた。

今ここにいつもの少女がいないのは、よくわからないけれどなにか事情があるらしい。ぼくにとっては目の前にあるご飯のほうが重要なのだけれど、このふたりには違うのだろう。

少女は「大丈夫」と何度も口にしてから立ち去った。

ぼけっと立ちすくんでいる少年に声をかけながら草木から体を出したけれど、少年は振り向きもしない。ただ、どこかをじっと見つめているだけだった。

ぼくは雨がきらいだ。けれど、今日が雨ならよかったな、と少年に心の中で語りかける。

そしたら泣いているように見えたんじゃないかな。

涙を流せないことを苦しむように顔を歪ませている少年にとっては、雨のほうが都合がよかったに違いない。

Ⅱ

慾ハナク　決シテ瞋ラズ

—小森 真也—

今までオレはたいした苦労をせずに過ごしてきた。

ひとりっ子で、専業主婦の母親と会社員の父親、徒歩数分の家に住む祖父母とともにオレは育った。幼いときから周りの注目を浴びるのが大好きで、クラスで誰よりも大きな声で発言し、みんなを笑わせ、多くの友だちに囲まれた。

『小森くんはみんなの人気者ですよ』

先生からの評価はいつもそんな感じで、それを聞いた母親はそのたびに「ひとりっ子でみんなに構われて育ったからか、目立ちたがり屋で」と恥ずかしそうに眉を下げていた。

成長しても、それはなにひとつ変わらなかった。運動は得意なほうなので飛び抜けて目立つほどの才能はないものの大体のことはこなせたし、勉強に関しても平均点よりも上をキープできている。それに、自分で言うのもあれだけど、それなりの顔にそれなりのスタイルだとも思う。

そして。

「おーっす、真也」

「小森くんおはよー」

高校生になった今も廊下を歩けばみんながオレに声をかけてくるくらい、友人が多い。男子だけではなく女子もだ。誰とでもすぐに打ち解けられるので交友関係の広さには自信がある。よく知らない先輩や後輩からも声をかけられることを考えると、自慢じゃないが校内でも目立つほうだと自負している。

どこにいても小森はすぐ見つけられる、と言われたことは数え切れないほどだ。ずっと友だちになりたかったんだと言われることもある。

「おっはよー、小森」

ぽんっと背中を叩かれて振り向けば、知里がいつもの気の強そうな濃いメイクで立っている。ファンデーションの匂いが鼻《び》腔《こう》をくすぐった。肌に触れたら悪い意味でつるんっとしていそうなほど塗りたくっているのがわかる。手にはなんだそれぬいぐるみじゃねえの、って言いたくなるようなケースをつけたスマホ。その手先はゴテゴテしていて、なんかもうどれもこれもが目立っていてどこを見ればいいのかわからない。

同じクラスになったことのない知里とは、共通の友人がいたことで親しくなった。一緒にいてなかなか楽しいやつだ。口調がきついので嫌われやすいタイプかもしれないけれど、よくいえば裏表がなくオープンなのだろう。いつの間にか女子の中でも、知里と一番よく喋るようになったのはそういう性格がオレと一緒でラクだったからだ。

「よう、今日も派手だなお前は」

「失礼ねー、あんたは！　そんなこと言うなら別れるわよ」

そう言って笑う知里は、当然オレのカノジョではない。

「えー、捨てないでよ知里ちゃん」

「うわ、きっも」

ぎゃははは、と廊下に大きな笑い声が響き渡る。

オレらの会話に他の友だちも混ざってきて、声はなお一層大きくなった。通りすがりの生徒たちがオレに視線を向ける。

みんながオレを見る。

その快感がオレは好きだ。

目立つ振る舞いをして、注目を浴びる。もちろん悪い意味ではなくいい意味でなければいけない。それが現時点ではできていると実感できる。つまり、オレの人生はイージーモード。

ただ一点を除けば、だけれど。

「っていうか、お前がそういうことばっかり言ってるからオレに彼女ができねえんだよ！」

冗談でオレの恋人として振る舞い、腕に絡みついてくる知里を引き剝《は》がしながら文句を言った。

「あたしのせいじゃないって、小森がいいやつ止まりなだけ」

「やめろ、そんなことはねえ！」

ぎゃははは、と知里が笑う。

知里の言うとおりだ。内心胸にぐさりと来た。

出会いもあるし、女友だちも多い。知らない女の子に親しげに話しかけられることもあるし、オレに気があるんじゃね？ってくらい距離が近い子もいる。

……にも拘わらず、彼女ができない。

まったくもって意味がわかんねえ。わっかんねえよ。おかしいだろ。いい感じかなと思ってちょっと色っぽい空気を出したら距離をとられたり、「小森は友だちだよね」と予防線を張られたりもする。

まじで意味がわかんねえ。

オレの高校生活、彼女さえいれば完璧なのに。

隣ではしゃぐ知里たちにばれないようにため息を吐き出すと、ひとりの女子の後ろ姿に気がついた。セミロングの黒髪に、校則を守った制服の着こなし。小学校から一緒の浅田がいつものようにひっそりと空気になりきっているかのように歩いている。

相変わらずぱっとしないやつだ。

先週末に雨の中、傘も差さずに歩きだしたり泣いたらなんだのと意味不明な行動をしていたけれど、いつものへらへらしている姿よりマシだと思った。ただ、週をまたげばいつもどおりの空気を纏っていてなんだか面白くない。

浅田はオレにとって生理的にむかつく、という部類の人間なのだろう。無視すればいいのはわかっているのに、なぜか傷つけたくなる。あの作り笑いを歪ませてやりたくなる。周りばっかり見て自分は殻《から》の中に閉じこもり誰にも自分を見せないようなあいつを、無理やり外に引きずり出したくなる。

じいっと見ていたからか、浅田がふっと振り向いた。オレの視線とぶつかって、瞬時に表情を引きつらせる。

「なんだよ」

わざと偉そうに声をかけると「おはよう」と笑顔を作る。本当はオレのことなんかきらいなくせに。

……きらいだって顔をされたらそれはそれでむかつくけど。「じろじろ見んなよ」と目をそらして通り過ぎながら、見てたのはオレだっての、と自分に突っ込む。わかってるよそんなこと。

「真也ってなんであの子に冷たいんだよ」

ひょこっと背後から顔を出した優木《ゆうき》がにやりと含み笑いを見せて言った。でかい図体で狐《きつね》みたいな細い目をしている。去年も今年も同じクラスだからか、学校にいる間は四六時中と言っていいほど一緒にいる。

「別に理由なんてねえよ」

　そう、なんとなく癇に障るっていうだけ。

「ああ、彼女ほっしいなあ」

　ついひとりごちると「おはよう真也」と友が姿を表した。

「あ、おっす」

　返事をすると友は爽やかに笑う。けれどその目の下にはくっきりと隈が残されていたし、頬も少し痩《こ》けているようで見るからに生命力を感じられなかった。

　そりゃそうか。

　彼女が一週間も昏睡《こんすい》状態なのだ。

「友、お前ちゃんと飯食ってんのか？　あ、これやるよ」

　ばしんと友の背中を叩いて、カバンの中からチョコレートを取り出した。今朝、自分のおやつにとリビングにあったものを詰め込んできたのだ。

「チョコレートは体にいいらしいぞ」

「ふは、ざっくりだなあその説明。でも、さんきゅ」

　友はオレからチョコレート受け取り肩に手を置く。儚《はかな》げな笑みが、なんとなく庇護《ひご》欲を煽《あお》る。

友には頼れる一面と、構いたくなる一面があり、こりゃモテるわ、と男のオレでも思う。女子からしたらたまんねえだろうなあ。狡《ずる》い。オレにもその能力分けてくれ。

チョコレートの袋を開けて頬張りながら「じゃあな」と友は先に歩いていった。

「前より元気にはなってるみたいね」

「まあ、先週よりかは」

一週間前は今にも倒れそうなほどふらふらで、目もうつろだった。D組の教室もみんな友に気を遣っていて、息苦しく感じたほどだ。このままこいつも川に飛び込むんじゃねえの、と不謹慎極まりない想像をして心配になったから、笑って挨拶をしてくれるくらいには元気になったことに少しほっとする。

「ほんと、いつ目覚めるんだろうなあ、友の彼女は」

ひとり先に歩いていく友の後ろ姿を見つめたまま、優木が呟いた。

まったくだ。


友には、オレからみてもいやみのない、人を惹きつける不思議な魅力がある。

去年は別のクラスでちょっと顔を知っているだけの関係だったから、話には聞いていたものの友の人たらしを目の当たりにすることはなかった。けれど、今年同じクラスになって実感した。

新学期、オレと友の席は出席番号順で前と後ろだった。

「よろしく、楠山だろ？　友って呼んでいいか？」

実際のこいつはどんなもんかと思いながら声をかけると、友は「俺の名前知ってるんだ、びっくりしたあ」と目を丸くした。そして、

「俺も知ってるよ、小森真也だろ。実はずっと友だちになりたいなって思ってたんだ」

と、屈託《くったく》のない笑顔をオレに見せた。この年で友だちになりたい、と面と向かって言われるとは思っていなかった。小学生かよ。でもそれが新鮮で、ついつい「友だちになろうぜ！」とオレまで小学生みたいな返事をしてしまったくらいだ。

あいつは爽やかでありながら人と人の垣根を越える自由な人たらしだった。

誰と接しても態度を変えることがない。

媚《こ》びることもなければ、偉そうにすることもない。つねに自然体。

好きなアイドルの話とか、お笑いの話とか、バカみたいなネタにものってくるのに、進路の話など真面目なことも語る。真逆の振る舞いを見ても違和感を抱かせないなにかがあった。勉強もスポーツもできて社交性も高いのに、絵が壊滅《かいめつ》的に下手くそというのも、愛嬌《あいきょう》がある。たまに天然な面を見せたり（この前はご飯に塩だと思って砂糖をふりかけて「今日のご飯甘い！」と叫んでいた）、どんくさいところもありどうも放っておけない。昔飼っていた穏やかな大型犬を思い出す。

からかったときに見せる、ちょっと照れた顔は、まったくもう、となで回したくなるくらいだ。

誰からも好かれる人種なんかいるわけねえ、と思っていたけれど、友に出会って、誰からも好かれるなこいつ、と感じた。少なくとも、オレは友のことが好きになった(もちろん性的な意味ではない)。

だからこそ、不思議だな、と思う。

友が睦月澄香と付き合うだなんて。

中学時代から付き合っていた彼女がいたはずなのに、突然睦月と付き合った、と話を聞いたときはなかなか受け入れられなかった。

オレが見る限り、元カノと友は決して悪い関係ではなかった。よくメッセージのやりとりをしていたしデートもしていた。会いたいと言われて急遽《きゅうきょ》、彼女の家に行ったこともあると聞いたことがある。

その振る舞いから、友は彼女を大事にしてるんだな、と思っていた。

なのに急に、実は別れていて、睦月と付き合うなんて、おかしすぎる。

なにより、オレにはどうして友の相手が睦月なのか、というところも気になった。

オレにとっての睦月は〝なんか面倒くさそうな女〟だ。睦月は気が強いけれど、冷たいやつではない。ただ、あいつとは友だちになれるとは思えなかったし、おそらく睦月もオレのことをよく思っていないだろう。

　去年の文化祭のとき、三年の先輩と揉めた話を聞いたときは「やるじゃん」と思った。正論をぶつけたらそりゃ先輩たちはどうしようもねえだろうなあ、と。

　でも、別の言い方があったんじゃねえのって思う。しかも人前で論破《ろんぱ》したら、三年の面目丸つぶれじゃん。おまけに実は裏で動いて話しつけておきました、なんてなんか恩着せがましいと言うか、小狡いだろ。それなら最初から一緒に頼みに行きましょうでいいじゃねえか。

　あの頃からオレの中での睦月は、面倒くさそうな女、になった。

　……おまけにあいつは、誰にも見せない一面もある。

「なんで睦月なの？　友、あいつのこと好きだったわけ？」

　何度か友にさりげなく聞いたことがある。

「澄香はさ、優しいんだよ」

　友は間髪を容れずに、自信満々にそう答えた。慈《いつく》しむような優しい笑みを浮かべていて、誰の話をしていたんだっけ、と思ったくらいだ。

「気が強いところもあるけど、それって全部優しさなんだよな。そういうの、憧れるなって。一緒にいると、澄香のいいところばっかり増えるよ」

「へえ……」

「いつだって、澄香は人の気持ちを最優先に考えるんだ。俺にはないところだろ。優しくて強くないとできないよな」

完全に、嘘偽りなく、友は睦月を尊敬していたと思う。そういう恋愛感情ももしかしたらあるのかもしれない。でも、オレはそれを訊くたびに「どこが？」「なんで」と、眉を顰めたくて仕方なかった。もしかするとオレの知っている睦月は、友の知っている睦月とは別人なのかもしれない。そうでなくては理解できないくらいだ。

だからだろうか。友と睦月のカップルは校内でも有名な優等生カップルで、みんながお似合いだとか理想だとか言っていたけれど、オレにはそう思えなかった。ふたりが歩いている姿に対しての感想は〝変なカップル〟だった。

なんて、誰に言っても理解してもらえないから言わないけど。片手で数えられる程度しか睦月とは話したことがないので、あいつのことはよく知らない部類に入るわけだし。

「睦月も早く目を覚ませばいいのになあ」

これは本心だ。

友のためにも目覚めてほしい。

そんな気持ちで口にすると「本当になあ」と優木がしみじみ言った。そして「でもあの噂はまじなのかな」と声を潜める。

あの噂、とはおそらく、睦月は自殺未遂をしたのではないか、ということだろう。雨の日の川に自ら入るなんて、普通じゃ考えられない。

「なんか、楠山って睦月さんのことを訊いて回ってるらしいよ」

そういえば浅田もこの前友に話しかけられていて、そんなことを言っていたような。

でもオレには、あの女が自殺するとは思えなかった。かといって、意味もなく雨の日の川に入るようなバカだとも思っていない。

「一体なにがあったんだろうな」

「さあ」と適当に返事しつつ若干重い空気を感じて「目覚めたらはっきりするから今はどうでもいいんじゃね？」と軽い口調に切り替えて話を終わらせた。

今はそんな話より、大事なことがオレにはあるのだ。

ポケットからスマホを取り出し、メッセージアプリをタップして開く。昨晩やりとりしたトーク画面を見てから『おはよう！　この前話してた映画、今日はどう？』とメッセージを送った。

相手は先月合コンで出会った女の子だ。

明るくノリのいい女の子で、もちろんかわいい。県内でも有名な女子校の生徒で、制服もちょっと変わったセーラー服だ。それを着ているだけでかわいさが二割増。

初対面から打ち解けてSNSのアカウントを交換し、こうしてメッセージのやりとりを続けている。

『えー、行く行く！』

メッセージを送ってすぐにそんな返事が届いて思わずにやけてしまった。

これはもういけるだろう。返事は速いしふたりで出かけることにもなんら抵抗を見せない。デートもこれで三回目だ。そのうち二度はふたりきりではなかったけれど。

話をしていても「小森くんって面白い」「モテるでしょ」「優しいし一緒にいて楽しいし最高じゃん」とよく言われるのだ。

オレにもとうとう彼女ができる日がやってきた！　今日のデートで決めてみせる！

よし、と拳を作って待ち合わせ時間と場所を決めようと思ったところで『今日報告したいことがあるんだ！』という文章と照れた顔のイラストのスタンプが届いた。

なんか、いやな予感がする。

眉間《みけん》にきゅっと皺を寄せて『なになに？』と明るい口調とわくわくした様子のスタンプで返事をすると『えー』『会ったときに話そうと思ったんだけどなあ』『でもまあいいか』と立て続けに届く。そして最後に『彼氏ができたんだよね！』というメッセージと幸せそうな笑顔のスタンプがスマホに届けられた。

「なんってだよ！」

どん、と頭を机に叩きつけた。

放課後の教室で、周りに知里や優木以外いないからこそできた愚行《ぐこう》だ。でこがひりひりと痛む。

「ばっかでぇ」と隣の机に腰かけた優木が笑う。

「そりゃ振られるわ」と斜め前の椅子に座っている知里が偉そうに足を組み替えた。

「どうせならデートに行ってくればよかったのに」と言葉をつけ足されて「なんでだよ！」と同じセリフを繰り返す。

結局デートには行かなかった。というかそもそもデートではなかった。ぜひ彼氏も一緒に三人で、と言われたのだ。しかもその彼氏というのが一緒に合コンに行ったメンツであり、ふたりきりのデートにこぎつけるために、グループで一緒に遊ぶときに呼んだやつでもある。

一体いつの間に出し抜かれたのかさっぱりわからない。

故《ゆえ》に今日の映画は断った。もちろん、「せっかくのデートの邪魔してまでお礼なんていらねえよ。またみんなで遊ぼうぜ」とスマホ上では気丈《きじょう》に振る舞ったが。

なにが一番つらいって、このパターンは初めてではないことだ。

数か月前にもいい感じだと思った後輩の女の子に「先輩ってお兄ちゃんみたいで一

緒にいると安心します」とか言って彼氏を紹介された。いらねえよそんな律儀《りちぎ》！

「なんで彼女ができねえんだ……」

はあーっとため息を吐く。オレを哀れんでいるのか、今日の夕日はいつもよりも眩しく目にしみる。

今度こそはいい感じだと思ったんだけどなあ。

オレの望んでいることはそんなに無謀なことなのだろうかと不安になる。

彼女がほしい、モテたい、人気者になりたい。

正直ひとつめ以外は満たされている。そう思っていたけれど……こんなに彼女ができないとなるとそうではないのかもしれない。

なんて、思えるかよ。どう考えても彼女ができないことがおかしい。オレに原因はなにもないはずだ。

「あーよかった、小森に先を越されなくって」

「うるせえ、オレは知里とは争ってねえし、お前にも彼氏はできねえ、っていでででででで、いてーって！」

「この口か、クソむかつくことを言うのは！」

さすがに言いすぎたのか、知里にほっぺをびりびりと引きちぎられそうなほど引っ張られた。オレと同じように彼氏がほしいと言っているものの、誰とも付き合えない知里には禁句だったようだ。

「小森ってなんかこう、典型的な〝いいやつ〟なんだよなあ」

「ケンカ売ってんのか、優木」

彼女の部活待ちの暇つぶしでいる優木を、頬を擦《さす》りながら睨みつけると「こえーよ」と言って笑われた。自分には彼女がいるからって余裕を見せつけやがって。

「小森ってなんかこう、友だち止まりだよね」

ぐさり、と胸が抉《えぐ》られた音が聞こえた気がした。

知里だって「女に思えねえ」って合コンや紹介で出会った男に何度も言われてるくせに。こんなことを言うと今度こそオレの頬がなくなるので口にしないけれど。

「一緒にいて楽しいし、顔もそんなに悪くないんだけど、なんか惜しいっていうか」

「意味わかんねえ。女の判断基準まったくわかんねえっつの」

「異性って感じがしないんだよ」

「うはははは！」

「笑いごとじゃねえ！　オレほどのいい男はいねえからな！」

「うわあ、気持ちわる。図々しいよ、自己評価高すぎるんじゃないの？」

知里の言葉には容赦《ようしゃ》がない。ドン引きを顔に書いたような表情で体を少し反らした。

それを見て優木は相変わらず愉快そうにけらけらと笑っている。

くっそお、と小さな声で悪態をつきながら胸ポケットに手を当てた。中には生徒手帳が入っていて、いつからかここに触れるのがオレの癖になっている。効果があるのかどうかはわからないけれど、感情を落ち着かせるときの癖だ。

「っていうか、小森って本気で彼女ほしいって思ってる？」

「なに言ってんだ。ほしくないわけねえだろ」

ちっと舌打ちをして「あんなに盛り上げたのによお」とぼやく。明るく振る舞って空気を読んで場を和ませて、なんでこんな扱いをされなければいけないのか。

「んー、なんか自分で友だち役を買って出てるように見えるからさあ」

「小森がほしいのは〝彼女〟っていう存在でしょ。好きな子とかじゃないよねえ」

お前らなあ、と言いながら、そのとおりだな、と思う。彼女になってくれるなら誰でもいいとは言わないけれど、あの子じゃないとだめだと思うほどの熱量もない。

だって十七歳の高校二年生になら、彼女のひとりやふたりくらいいないと様にならないじゃないか。

「そう言うなら、知里だって同じじゃねえか」

「同じだからわかるってことだよ」

にっと知里が笑った。

そう言われたらオレには返す言葉がない。散々バカにされて悔しいのに、ふん、と強がることしかできなかった。そのまま机に突っ伏すと、ふたりは拗《す》ねてるーと、小声で笑いながらオレをからかう。少しは慰《なぐさ》めてほしい……。

視線だけを窓に向けて、茜《あかね》色の空を見つめた。これだけ綺麗な夕焼けならば明日は晴れなのだろう。昔そう聞いたことがある。

ああ、彼女がほしい。もっとオレを見てほしい。注目してほしい。

もっと、もっと。彼女ができればもっと――。

「こ、もり、くん」

聞こえてきた声に、体が大きく跳ね上がった。

オレが振り向くよりも前に「あれー、佳織じゃん」と知里が声を上げる。

「これを、返しに」

視線を向けると浅田はオレを見て一本の傘を差し出した。先週オレが浅田に渡した紺色の傘だ。今日は晴れていたのにわざわざ傘を持ってきたのだろうかと考えると、胸の真ん中が変な気分になる。なんだこれ。

ほら、呼ばれてるよ、と知里に促されすっくと立ち上がり、努めて平静に浅田に近づいた。

「小森くんあの、これありがとう。雨、大丈夫だった？」

こんなふうにオレの名前を呼ばれるのは、出会ってからおそらく初めてだ。

ドアに立ったままの浅田の微笑みはいつもどおり薄っぺらい。

こいつはいつもそうだ。高い塀で自分をぐるりと囲っているイメージで、特にオレに対してはその高さが他人の倍以上に感じられる。

「あと、梨花ちゃんたちには、ちゃんと週末話したから」

「そんなことどうでもいいし。てか、なんで笑ってんの？」

ぱっと傘を奪い取るように受け取り、目を合わさないままいつもの口調で噛みついた。なんでこんな言い方をしているのか自分でもよくわからない。

雨に打たれていた浅田を思い出すと心臓が落ち着かなくなって、胸元に手を当てる。服の中にある生徒手帳が、余計にオレの心を乱した。

浅田は困ったように、呆れたように眉を下げる。

「じゃあ、用事はこれだけだから、邪魔してごめんね」

「……っお前、さあ」

踵を返しかける浅田に、気がついたら声をかけていた。「え？」と振り返った浅田に続ける言葉が見つからず「なんなの」と訳のわからないことを口走る。

「いらねえ」

そして、手にした傘をずいっと浅田に突き出した。

「いらないよ、だって小森くんのじゃない」

「傘なんていらねえから浅田にやったんだよ」

「そんなこと言われても困るよ」

ぐいぐと押しつけるけれど、浅田は首を左右に振って断った。自分でもなにを言い出してるのか理解できないけれど、いまさらこの手を引っ込めることもできない。

「いらねえって。お前が使った傘ならなおさらいらねえ、ゴミだ」

口にした瞬間、知里が小さな声で「うわー」と言ったのが聞こえた。

浅田はいつものようになんの感情も抱いていないような顔をしてオレを見る。そして「相変わらずだねえ」と唇の端を持ち上げた。笑っているけれど、目の奥がちっとも笑っていないのがすぐにわかる。今までもそうだったけれど、今回は特に冷めたものを感じた。

「とりあえず私は返したからね。じゃあね」

オレの傘を受け取ることなく、浅田は軽やかな足取りで廊下を駆けていく。一見それだけのことだけれど、オレからすれば逃げたようにしか見えなかった。

なんでオレはいつもこうなのか。

――『バカすぎて哀れ』

思い出したくないセリフに、奥歯をぎゅっと噛む。そして「なんだあいつ」と鼻を鳴らしながら自分の席に戻った。席について胸ポケットから生徒手帳を取り出しぎゅうぎゅうと押しつぶす。

「まるで小学生だね、あんた」

「は？　うっせえ」

「彼女ができないのは、小森が見てるのはあの子だからじゃないか？」

優木ににやりと言われて「んなわけねえだろ」と思わず大声を出してしまった。

「まーじで？　小森が佳織を？　ジャンルが違いすぎるじゃん！」

知里はめちゃくちゃびっくりしたかのように目を見開いて大声を出した。「言っちゃ悪いけど、地味じゃね？　佳織って」と確認するように優木の顔を覗き込む。

「まあ派手ではないよね。でも知里っちと仲いいんじゃないの？」

「まっさか。去年同じクラスだったから話はするけどそれだけ。絶対話合わないもん」

知里は見た目も派手だし言動も大きいので、相手も同じように合わないと感じてるんじゃないかと思う。知里も知里で好ききらいがはっきりしているので付き合うのはなかなか難しいだろう。浅田みたいに周りに気を遣うやつは特に苦手に違いない。

「小森は好きな子をいじめるタイプか」

「っちげえよ！　なんでオレがあんな地味な女を！」

「もう少し素直になれよー。普段は素直でいい子なのに」

「気持ち悪いこと言ってんじゃねえ」

「睦月さんみたいに素直にならないと」

そう言われて、「あー……」と知里とオレの声が重なった。

友と睦月が付き合ってすぐの頃、ふたりに関して下世話な噂が様々に飛び交った。略奪愛だとか二股してたんだとか、友にがっかりだとか言い出すやつもいた。

それに対して、睦月は廊下でこれ見よがしに噂をしている女子たちに正々堂々と挑みにいった。いや、睦月の場合自分ではなく友のことを悪く言われたから、我慢できなくなったのかもしれない。

――『根拠もなく友くんを最低男にして幻滅するあなたたちより、わたしのほうが友くんのことを好きなのは間違いないと思う』

そのあとで『だから、あなたたちと違って友くんと付き合えるっていうラッキーが舞い込んできたのかもしれないね』と言葉をつけ足して彼女たちに満面の笑みを向けた。これは睦月に関する噂で文化祭の次に有名な話だ。

ちなみにその話にはおまけもあり、彼女が絡まれているのを聞いて駆けつけた友が、睦月のセリフを聞いて思わず噴き出してしまったらしい。そしてあいだに入り、

――『俺の彼女、かっこいいでしょ？』

と、言ったのだ。そしてふたりは仲睦まじく立ち去ったとかなんとか。

睦月も友も、ふたりとも自分の気持ちを素直に口にする。かっこつけてクールなフ

リをすることもない。特に睦月のように堂々と好きだと口にすることはそうたやすいことではない。そういう姿にちょっとかっこよく感じるのも理解はできる。思っていることを口にするから睦月に裏がないんだと判断するのも、わからないではない。でも。

「……オレはあいつにあんまりいい印象ないんだよな」

思わずひとりごちた。手元には生徒手帳。中には一枚の紙切れが挟まれている。

悪気があったわけではなかった。オレの存在にまったく気づかず通り過ぎようとしていた浅田に腹が立って話しかけたのがきっかけだ。

浅田は移動教室だったらしく手にはノートと教科書と手帳を持っていた。話しかけるたびに浅田は嘘くさい笑顔でさっさと話を切り上げようと無難な返事をする。それがオレに苛立ちを募らせる。いつものことだ。

ひととおりいつもの会話を繰り返して、結局なんの変化もないことにむしゃくしゃして浅田が「じゃあね」と去っていくのを無視しようとした。そのとき、突然教室から出てきたやつと浅田がぶつかった。手にしていた荷物が床にばらまかれ、仕方なく手伝おうとしたところで気がついたのが一枚のポストカードだ。

なんか女子が好きそうなゆるふわの絵に〝雨をよろこぶ日もあっていい〟みたいな、

これまた女子が好きそうな文章が添えられていて、うげ、と思う。こういう〝いいこと言ってます〟みたいなものがオレは苦手だ。

「こんなの大事にしてんのかよ」

浅田なら心打たれそうだと、失笑する。

荷物から落ちてきたということは、それなりに大切にしているに違いない。

「でた、名言系」「これで癒やされてんの?」「いまどきだせえ」

こんなものを大事にしているからこいつは上辺《うわべ》だけの人付き合いをするんだ。

思い返せばたしかにあのときのオレは口が悪かった。浅田に対してはいつも頭で考える前に口が勝手に動いてしまう。相手が浅田でなければからかうことはなかっただろう。

「返して」

「もうちょっと見せろよ」

伸ばしてきた手を避けようと腕に力を入れて引き寄せると、思いのほか浅田の手が速く、また力が強かったのだ。ポストカードがあっという間に二枚に引き裂かれてしまった。破れた自分の持つかけらを見ると、すみっこだけの小さなもので、絵柄にさほど支障はない。それでも、バツが悪い。

「お前が急に手を出すから」

今まで散々偉そうな態度で接してきたから、浅田に素直に謝ることができなかった。とはいえ、俯いている浅田にやっちまった感を抱き勇気を出して謝罪をしなければと「あの」と口を開いた。でも、

「私が思い切り引っ張ったから、ごめんね」

浅田はそう言って笑った。

なんでお前が謝るんだよ。オレが謝れないだろ。

謝るタイミングをすっかり失ってしまい、おまけにいつからいたのか睦月がひょっこりと顔を出して浅田に話しかけた。顔から緊張が解けていく浅田を見て、破れた紙をぎゅっと握りしめる。

「ほら、小森くん謝らなきゃ」

「……悪かったよ」

睦月が頬《ほお》を膨らませてオレを見る。その隣には浅田が睦月にうっとりしているような表情をしていて、どうでもよくなった。子どものようにふてくされながら投げやり気味に謝ると、それが余計に睦月の株を上げることになったらしい。浅田は「ありがとう」と睦月にうれしそうに言った。

オレの舌打ちを隠すように予鈴のチャイムが鳴り、浅田は「じゃあ」と律儀にオレにも頭を下げて踵を返す。そういうところが腹立たしいのだけれど、浅田にはそのつ

もりがないのだろう。

しょうもない。握り潰した紙に視線を落とす。

「好きな子をいじめるってやつ？」

耳元で囁《ささや》かれて弾かれたように顔を上げると、隣には睦月が立っていた。

「バカすぎて哀れ」

「は？」

「バカもここまで来ると惨《みじ》めだよね」

睦月の表情は、今まで一度も見たことがないものだった。心底オレを軽蔑しているような冷たい瞳に、歪んだ口元。声もいつもよりも低く、ずしりとオレの胸に残る。

呆然《ぼうぜん》と睦月の顔を見つめていると、

「バカ面」

と、トドメのセリフを吐き捨ててオレを通り過ぎた。

オレがあいつと親しくなろうと思わないのはきっと相性が悪いんだろうなと考えていた。

けれど、あの一件でオレは睦月の本性を垣間見た。

誰が優しくてしっかり者でいい子だって？　そんなやつがオレにあんなセリフを耳

打ちするかよ。

「……すげえ、二重人格」

「睦月さんが？」

小さな声だと思ったのに、優木にはしっかりと聞こえてしまったらしい。

「あ、いや」

学校で人気の女子の悪口を言うとかさすがにださすぎる。

「あたしもそう思うけどね。あたしは大きらい、睦月澄香」

ごまかそうかと思ったら、知里が堂々と口にしてカバンからリップクリームを取り出した。唇に塗りたくりながら「なんか胡散《うさん》臭いんだよね」と言う。

「みんなには人気者だから、友だち数人にしか言ってないけど」

「へー、まじで？　おれ知らなかった」

優木は感嘆《かんたん》の声を上げる。

知里がオレと同じように思っていたことにちょっとほっとしつつも、なんだかそれもださいなと自分で思った。誰かが同意してくれなきゃ不安とか、どれだけ弱っちいんだオレは。

「もういい、帰る」

なんだか今日はいやになる日だな。

カバンを手にして立ち上がり「じゃあな」とふたりに手を振って教室を出た。

一日寝ると、ずいぶん気分は変わる。

昨日の自己嫌悪に陥りまくった憂鬱な気分はすっかりなくなり、清々《すがすが》しい秋の太陽を浴びて、晴れやかだ。女子校の彼女とはうまくいかなかったけれど引きずっていても仕方がない。今度優木や知里に頼んで合コンを開いてもらおう。

「あ、おっはよー小森くん」

「先輩おはようございますー」

「小森さんおはようっす！」

「おーっす、真也、今週の新刊読んだ？」

学校の校門をくぐればこうして学年問わずみんながオレに声をかけてきてくれる。

そんなオレに彼女ができないはずがない。

昨日と打って変わったオレを見て、優木は「切り替え早いな」と笑い、知里は「さすが単純王」と大声で茶化してきた。賑やかなオレたちを見てまた人が寄ってくる。

オレはこの感じが好きなのだ。

「おはよう、真也」

そんなオレと違って、友は相変わらずテンションが低い。マシにはなっているけれど、笑っていても陰《かげ》りを背負っている。太陽も霞《かす》むくらいだ。無理をして笑っている友が痛々しく感じてくる。

「お前、顔色悪いぞ」

「大丈夫、ありがとう」

どこが大丈夫なんだよ、と蹴り倒したくなる。今そんなことをしたら友はそのまま動かなくなりそうなほどだ。

「小森のムードメーカー力を発揮してなんとかしたら？」

頼りない足取りで進む友の背中を見つめていると、知里が言った。優木も「いいじゃんそれ」と同意する。

「楠山くんと仲いいんだし、せめて勇気づけるとかさあ」

「小森のバカさに元気が出るかもなあ」

「そうかあ？」

オレにできるかよ、すげえ難題じゃん。

でも、なんとかなるなら友を元気づけたい。せめて、少しでも気持ちを軽くできたらとは思う。なにができるかはわからないけれど。

思いついたら即行動がオレのいいところで、昼休みに入るなり友に「一緒に飯食おうぜ」と軽いノリで声をかける。教室で話をしようかとも思ったけれど、周りが聞き耳を立てていたら友も面倒だろうと中庭に向かって歩いた。

太陽の光を浴びていたら、ちょっとは明るい気持ちになれるかもしれないし。途中で購買に寄ってお昼ご飯を買わないといけないし。

「友はいっつも弁当だよな。いいよなあ」

人混みをかき分けて買ったパンふたつとジュースの入った袋をぶんぶんと振り回しながら中庭に向かう。友の手元には小さなトートバッグ。

「弟の弁当を作るついでだから」

「まじで？　お前料理できるんだ。手先は不器用なのに！」

「晩ご飯詰めてるだけだよ。真也もしたらいいよ、器用だから作れるよ」

「オレはおかんに似て朝が弱いから無理無理」

あはは、と友が声を出した。それに内心ほっとする。

友はのほほんと過ごしてくれているのが似合うのだ。こいつと一緒にいると不思議とオレも穏やかな気分になる。

そういう空気が友にはある。

だからこそ、以前の友に戻ってもらいたい。睦月が目を覚まさない限り完全には無理だとしても。

さて、どうしようか。

ベンチの上であぐらをかいて、惣菜パンの袋をぱんっと開けながら小首を傾げた。

「いい場所だな、ここ」

「え？ あ、ああ。そんなに隠れた場所でもないのに結構穴場だろ」

友が周りを見渡して言うのでちょっと自慢気になった。

いくつかベンチがあるけれど、それぞれ離れた場所にあるので、他に人がいても会話が聞こえることもない。おそらくお昼を食べるためだけにわざわざ教室を出る生徒が少ないのもあるだろう。たまにぼーっとしたいときにひとりでここにやってくることがある。どこにいても声をかけられるのはうれしいけれど、人気者もたまには息抜きが必要だ。

「澄香とは、裏庭で過ごしてたから知らなかった」

オレからではなく本人から睦月の名前が出てきたことに驚きながら、「裏庭もいいよな」と相づちを打った。校舎の裏で、日当たりはここよりもいいけれどその分雑草が生い茂っているのであまり足を踏み入れたことはない。野良猫がちょくちょく出入りしているらしいので、邪魔するのも悪いし。オレは犬派だし。

「えーっと、で、どうなの？ 睦月の、その、病状っていうの？」

話を切り出そうとすると、思いのほかしどろもどろになってしまった。

「眠ったまま、が正しいかな。目覚めるだろう、とは言われたけど」

「そっか」

命に別状はなさそうだと聞いているけれど、目が覚めないってのもなかなか難儀《なんぎ》だ。

友に視線を向けると、苦痛に顔を歪めていた。大丈夫だって、と口にしかけた無責任なぐさめの言葉をぐっと飲み込む。

「あの日、俺の誕生日だったんだ」

友は俯いて頭をぐしゃりと手で握りつぶすように髪の毛を掴んだ。

そういえばもうすぐ誕生日がどうのと友が言っていたのを思い出す。

「一緒に出かけてた」

まあ、それもそうだろう。

友は睦月が川で溺れた日、一緒に過ごしていた。つい数時間か数分か前まで隣にいた彼女が、突然意識不明の重体だと言われたら、そりゃショック受ける。相手が友だちだとしても、相当衝撃が走るだろう。

「なんで、こんなことになったのかな」

初めて見る友の落ち込み具合にかける言葉が見つからない。頭上は真っ青に晴れているのに、友の周りだけ土砂《どしゃ》降りみたいに思えた。少なくとも、友の中ではまだ金曜日の、睦月が溺れた日の雨からずっと、時間が止まったままなのだろう。

「澄香に、なにがあったんだろうってずっと考えてるんだけど」

だから浅田にまで声をかけていたのか。他にも睦月と親しかった女子に声をかけているのも、必死だからだ。

「……友は、自殺だと思ってんの？」

口にしたあとで、自分のバカさ加減に血の気が引く。

無神経にもほどがある。

「あ、いや！」

一瞬凍りついたような顔をした友が「いや、いいよ」とオレの言葉を遮って、口の端を持ち上げながら答える。けれどそれが無理をしていることは明らかで、土下座《どげざ》をしたほうがいいだろうかと考えが過《よぎ》る。

「そんなはずないって思ってる。澄香は、思ったことを言葉にしてくれる子だったから、優しい彼女だったから」

「……ああ、うん」

そうだろうか、と思ったことはさすがに口にしなかった。

友の横顔は、なにか物思いにふけっているように見えた。睦月を思い出しているのだろうか。

「でも、優しすぎるから、もしかしたらなにか、俺に隠していたことがあるのかもしれないって、思ったりもするんだ。だったら、俺はそれに気づけなかったってことで……」

そう思うと、情けない。

友は消え入りそうな声で呟いた。

今にも泣きだしてしまうんじゃないかと思った。今まで見たことのないほど弱った姿に、苛立ちが湧き上がる。

今、目の前に睦月がいたら、今度はオレがあいつに『バカすぎて哀れ』って叫んでやるのに。今すぐにでも叫んでやりたいくらいだ。オレにむかついて目覚めたらいいのに。

「睦月は本当に、俺にとっては優しくて強い彼女だったのに」

なんでこいつがこんなに傷つかなくちゃいけないんだろう。

「真也には、澄香のこと、どう見えていた？」

突然の質問に、思わずびくりと体が震えた。

「え、えーあー、どうかな。よく知らねえし」

「そっか」

嘘をついているわけではないのになんとなく後ろめたい気持ちになる。

同時に、友の見ている睦月ってかなり偏《かたよ》っているような気もした。

優しい、強い、悩みがない、みんなに好かれている、おまけにそこそこかわいい（ような気もする。好みじゃないけど）なんて、どんな完璧少女だ。ドラマや漫画にしかいなさそうなキャラクターが、オレの中の睦月とはまったく一致しない。まるで女神のことを語るかのような友に、違和感が大きくなる。

知里も睦月のことをあまり好きじゃないと言っていた。詳しくは訊いていないけれど、なんらかの理由があるはずだ。今はまだそういう話を聞いていないだけで、この先誰かが睦月の、オレも知らないなにかを話すかもしれない。

そのとき、友はなにを考えるのだろう。

「もしも睦月が……友のイメージしているような女じゃなかったとしたら、どうする？」

「どうって？」

「あーうんと、うまく言えないけど……優しい笑顔の裏で、どストレートに人に暴言を言っていたり？　どす黒い面っつーか。いや、もしもだけど」

オレに耳打ちしてきた睦月を思い出す。

『バカすぎて哀れ』『バカもここまで来ると惨めだよね』『バカ面』

優しくて素直なだけじゃない睦月を、友は受け入れられるんだろうか。

「なんか、想像できないな」

だろうな、と思わず突っ込んでしまった。もちろん心の中で。

「内心、みんなに注目されていることを自慢に感じてたり、めちゃくちゃ向上心が強くてトップに君臨《くんりん》したいと思ってたり」

もしもの話だけど、ともう一度念を押して訊いてみた。

実際そこまで思っていたかどうかはオレも知らない。

「澄香に限って、それはないんじゃないかな」

「即答かよ」

「あまりに澄香のイメージと合わないし……」

「でも誰にだって人に見せない部分はあるだろ」

「澄香はたしかに真面目すぎるところがあるし、もしかしたら俺の知らない顔もあるのかもしれない」

でも、と言いながら友はオレに笑う。

「自分の気持ちに嘘をつくようなことは、しないと思うんだ」

自信を持って口にすることが無性に腹立たしかった。

いいところを見つける能力は友の長所だ。けれど、それがすべてだと思い込んでいるようにしかオレには感じられなかった。きっぱりと否定されると、ここまで素直だと、バカだと思う。そのくせ頑固。人に聞いておいて自分の求めるもの以外は排除しているみたいだ。

「それだけ信じてるなら、いいんじゃないか」

投げやりに答えて、残っていたパンをぎゅうぎゅうと口の中に押し込み、奥歯がすり減るくらい力を込めてパンを噛みつぶす。

「真也はなにか、知ってるのか？」

「は？　自殺の理由？　知るわけないし」

「自殺って決まったわけじゃない」

やけくそでつい口を滑らすと、珍しく友が厳しい顔を作った。さほど大きくない友の目が、力強く開かれてオレを捉える。迂闊《うかつ》だった。やべえな、と思いつつもいまさら引き返せないし取り消せない。

「大体、お前だって自殺だと思ってるから調べてるんじゃねえの」

「違う」

「だったらなにが知りてえんだよ」

「澄香が、なにを思っていたか、感じていたか」

「そんなもん他人がわかるわけねえだろ。オレがなに言ったってそれが真実かどうかは睦月しか知らねえし、それをお前もわかってるから信じねえんだよ」

中身のなくなったパンの袋をぐしゃっと両手で潰す。そしてすっくと立ち上がりひとりで校舎に向かって歩いた。背後で友が「真也」と呼ぶのが聞こえたけれど、振り返る気にはなれなかった。

なんでこんなにむかついているのか、自分でもよくわからない。

ただ、自分がすごくかっこ悪く思えて逃げ出したかった。言い逃げするような今の言動すべてが多分、かっこ悪いんだろうなということもわかっていたけれど。

オレはどうせ、だめ人間だから。睦月にはそう思われていただろう。

なんにせよ、友を元気づけるなんてのは無理だった。

調子に乗って行動したものの、なんの役にも立てなかった。根本的にオレと友の睦月に抱く印象がまったく違うのだから、無茶な話なのだ。

結局その後、友とは一度も口を利いていない。午後の授業はずっと居心地が悪く、授業でおちゃらけるのがオレの役目だというのにちっともそんな気分になれなかった。

「あーあ」

授業が終わり、半分以上がいなくなった教室で黄昏《たそがれ》る。

「なにへこんでるのよー」

放課後に教室にやってきた知里が言い放つ。

「友だちのクラスが終わるまで相手してあげる。話くらいなら聞いてあげてもいいけど？」

「友を元気づけようとして失敗した」

知里は「は？」と意味のわからない顔をしてから、オレの目の前の机に腰かける。

「少しでも気をラクにしてやろーくらいだったんだけど、むしろ最悪だった」

そう言って、大まかにお昼に話した内容を知里に伝えると「うわー」と変な声を上げられてしまった。顔を見ると心底バカにした視線でオレを見下ろしている。

「小森がそういう器用なことできるわけないじゃん。まさか朝の話真に受けたの？ほんと単細胞《たんさいぼう》で、バカで感情的なんだから」

「え？オレのことそんなふうに思ってたのかよ」

まじでショックなんだけど。

顔を上げて目を剥《む》くと、「自覚がないって罪だよ」と言われた。

「ちょっと考えればわかるでしょう。向き不向きくらい自覚しなよ面倒くさい」

言いたいだけ言って「くだらないから帰るわ」と知里は出ていってしまった。

「……なんだかなあ」

ひとりごちたこのセリフが、なにに対してのものなのか自分でもよくわからない。

むしろもう、考えたくない。

よし、さっさと帰ろう。気分を変えるためにひとりでカラオケに行くのもいいかもしれない。そう決めてこの前浅田に返されたまま置きっぱなしにしていた傘に気づき手にして立ち上がる。「じゃあなー！」と残っていたクラスメイトに挨拶をして、教室を出た。廊下の窓から見える青空に、なんで今日傘を持って帰ろうとしたのかとがっくり肩を落とす。沈んだ気分でうっかりしてしまった。

晴天の傘ってバカ丸出しだな、と教室に戻ろうとしたところで「あ、小森先輩」と誰かに引き止められる。

「おー、久々」

なんでこんなときに会うかな、と思いつつ笑顔で声をかけてきてくれた後輩に笑いかけた。数か月前までいい感じだった、できれば付き合いたいと思った子だ。

「今帰りですか？」

「まあな。彼氏とデートか」

「あー別れちゃいましたー。なんかつまんなくて。小森先輩と遊んでたときのほうが楽しかったなあって」

なんだそれ、もしかしてアプローチでもされているんだろうか。

「じゃあオレと付き合う？」

なるべく冗談に聞こえるように軽い口調で提案してみる。こんなときでもオレは調子に乗りやすい。でもこれで彼女ができればラッキーだ。と、そんな気持ちが透けて見えていたのか「またまたあ」と笑ってスルーされてしまった。

女心ってまじでわかんねえ。

残念、とこれまた本気で落ち込んでいることが悟られないように芝居がかったように肩を落とすと「だって先輩、わたしのこと好きじゃないじゃないですか」と言われた。

「え?」

「盛り上げ役に徹してるし、相談にもちゃんとのってくれますし、ああ、先輩はわたしのこと好きじゃないんだなあって」

そんなことはない。

彼女がほしかった。後輩を好きだと思った。だってかわいいし、一緒にいて楽しい。

それにかなりアピールをしたつもりだ。

でも、たしかにオレは〝この子〟が好きだからではない。女子校の子もそうだ。昨日振られたばかりなのに、すでに過去のものになってしまっていて、そこに気持ちはなにも残っていない。

いけそうだと思ったから、付き合いたいと思っただけ。

その程度であることがばれていただけのこと。

「人の目を集めるのが好きですよね。あれだけ純粋に盛り上げてくれる人珍しいですよ。なんであんなに目立つの好きなんですか」

「なんでって目立つのが好きだから」

「あはは！　でもそういうところが人気ですよね」

だから先輩と一緒にいるのすっごく楽しいんですよね、と後輩が言う。

友だちと待ち合わせをしているから、と去っていく後輩に手を振りながら、気がつけば胸元に手を当てていた。

なんでオレは目立ちたかったんだろう。

いつだって注目されたかった。小学校のときからだ。誰よりも目立つポジションでいたかった。

いつだって、見てほしかった。……誰かに。

誰に？

視界の先にひとりの女子の後ろ姿があった。オレのほうをまったく見ないで、まっすぐに目的地に向かって歩く、浅田の姿だ。

オレはいつだって浅田を見つけるのがうまい。

――『自分の気持ちに嘘をつくようなことは、しない』

たしかに睦月はそうだったのだろう。オレに耳打ちしてきたセリフは、間違いなく本心だった。

モテたい。注目されたい。目立ちたい。彼女がほしい。

その理由を、オレはずっと考えようとしなかった。本当はずっと前からわかっていたことだから。そんな自分はかっこ悪いから。見ないフリをしてごまかして、そんなはずはないのだと閉じ込めた。

生徒手帳を取り出すと、一枚の紙。

浅田の大事にしていたポストカードの切れ端。

あのときの浅田を思い出すと、今でも胸が苦しくなる。大事なものを壊されたショックが顔にありありと表れていた。

あんな顔をさせたかったわけじゃない。

これをずっと持ち歩いていたのも、ふとしたときにこれに触れていたのも――ちゃんと、浅田に謝りたかったからだ。悪かった、ごめん、と言って返したかった。同時に、少しでもつながりをオレの手の中に残しておきたかった。

オレはいつだって、浅田から注目されたかった。

浅田だけが、オレを見てくれなかった。だから、バカなことして見てほしかった。人気者になって憧れてほしかった。彼女のできたオレに嫉妬《しっと》してほしかった。

浅田がオレに対してまったく、なんの興味も抱いていないことがわかっていたから、浅田を見るとむかついた。だから。

一方通行のオレのバカな行動。

――『バカすぎて哀れ』

ああもう、まったくもって睦月の言うとおりだ。

欲まみれで、浅田が見てくれないことにひとりでイライラして、浅田にひどいことばかりを言い続けた。

そうしなければあいつの目にオレが映らないから。

紙をぎゅっと握りしめて、唇に歯を立てる。

そして地面を蹴り上げた。

「浅田！」

昇降口を飛び出して後ろ姿に呼びかけると、浅田が振り向く。

名前を呼べばいつでも振り向いてくれたのに、もっともっととオレは勝手に望んで押しつけていた。欲を抑えきれなかった。

多分根っからのお調子者で、好きな子をいじめる子どもじみたオレだ。

そう簡単に変われるわけはない。

けれど。

「これ、悪かった」

浅田に追いついて、ぐしゃぐしゃになった紙を差し出した。

浅田は一瞬なんなのかわからなかったのか、小首を傾げる。けれど「あ」と声を出してからオレを見る。そして、いたずらをした子どもをたしなめるように困ったように笑った。

「ありがとう」

今日初めて、浅田の視界に自分が映ったんだと、思った。

これがずっと見たかった。

少なくとも、今のオレは浅田に注目されている。怒りを原動力にして動き、今まで溜め込んだ欲の塊《かたまり》があったからこそ感じる今この瞬間の喜びに、思わず涙ぐみそうになって必死に堪《こら》えた。

「……どうしたの？」

「なんでもねえよ」

黙りこくったオレを、浅田が覗き込む。こんなことで感情が昂ぶって泣きそうになっているなんて死んでも知られたくないから、ついいつものようにそっけない口調で返す。

しまった。

またやってしまった。

はっとして顔を上げると、浅田はじっとオレの顔を見つめていて、そして「ふ」と目を細めて口元を手で隠しながら笑みをこぼす。

「なんで傘持ってるの」

「え？　あ、お前が、返すから」

「私が返したの今日じゃないし」

浅田はくすくすと笑いながら歩きだす。そして「ひとりじゃ恥ずかしいでしょ？一緒に帰る？」と振り返ってオレに言った。

秋の風が正面から吹きつけてきて、浅田の髪を乱す。そしてオレの欲まみれの意地も一緒に吹き飛ばしてくれた、気がした。

「しゃあねえな」

「……小森くんは素直じゃなさすぎて、逆に素直だよね」

「うるせ」

明日からの自分は、今日より少しでもマシになれるように振る舞おう。

明日も浅田に、笑ってもらえるように。

・・・・・・・・友

あの日、雨が降っていたのはたまたまだったのだろうか。もしくは、雨だったから都合がよかったのだろうか。

澄香が眠っている顔を見るたびに、そう問いかけたくなる。

答えがないのはわかっている。だからこそ訊きたくなるのかもしれない。最悪の返事を聞くことは決してないから。

澄香がいない日常は思った以上に心細く感じた。

四六時中一緒にいたわけじゃない。クラスが違ったし、澄香は放課後バイトが、俺は家の用事があって一緒に帰ることも週に一度か二度だけだった。休日にデートをしたのも、数回しかない。

でも、それでうまくいっていた。

少なくとも俺は、澄香と一緒にいる時間を楽しいと思っていた。

俺たちはほどよい距離感を保てるいい関係だった。だからこそ、澄香がいないことがこんなにも俺の日々を反転させる。

「友」

学校に着いて教室で座っていると、今やってきたらしい真也が俺の目の前に立った。昨日の話をまだ怒っているのかと訊きたくなるほど、真面目な表情をしている。普段はいつもみんなを盛り上げるたびにはしゃいでいるというのに、その面影を今は感じられない。

　正直言って、真也がなんで昨日あんなに不機嫌になったのか俺にはよくわからない。ただ、こうして話しかけてきてくれたことにほっとする。真也とこのままギクシャクするのはいやだった。むしろ、いつ話しかけようかと考えていたくらいだ。

「おはよう」

「っ、なんだよそれ。出《で》来《き》杉《すぎ》くんかよお前」

　いつもどおりに振る舞ったほうがいいような気がして挨拶をすると、真也はぐっと言葉を詰まらせてから舌打ち混じりに言った。真也にそんな過大評価してもらっていたことに驚く。

「まあいいや。ここじゃ話しにくいから」

　そう言って顎で俺を廊下に連れ出し、人通りがまだ少ないすみに向かった。壁にもたれかかり、一体なんの話があるのだろうかとちょっとだけ不安になる。

「昨日、悪かった」

「え？」

「なんか、こう、ちょっと感情的になって八つ当たりした」

「そうだったのか。ああ、うんいいよ、気にしてない」

「ちょっとは気にしろよ」

なんだそれ、と思わず突っ込んで笑ってしまった。

真也はこういうところがいい。昨日のように感情的になることはあるけれど、基本的には優しく空気が読めるタイプのお調子者だ。

……そういえば澄香が一度、真也は浅田さんのことが好きなんだろうと、言っていたことを思い出す。好きだからいじめるなんて小学生みたいだよねと苦笑していた。それを聞いて俺は、それほどまでに好きという感情に振り回される真也が羨ましく思った。

「あと、オレは睦月は、自殺なんかじゃねえと思うよ」

聞こえてきた単語に思わず体が跳ねたけれど、否定の意味を理解して「え」と驚きの声を上げてしまった。

「なに驚いてんだよ。友も違うって言ってたじゃねえか」

「あ、うん、そうなんだけど、急に言うからびっくりした」

ふーん、と真也が答えながら窓の外を見やる。途中で階段を上がってきたクラスメイトが俺たちに気づいて声をかけてきた。真也はいつもどおり「おーっす」と元気に返す。こういう、真面目な姿を決して人に見せないようにするのは、真也の尊敬すべきところだ。

「オレ、睦月のことよく知らねえけど、あいつは自殺なんかしねえと、思う」

「……なんで？」

「多分、あいつはお前が思ってるより、ぜんっぜんいいやつじゃないから」

思いもよらない真也の言葉に、言葉を失った。

澄香がいいやつじゃないという真也の判断も、だから自殺しないという意見も、うまく消化できない。

窓から秋の風が舞い込んできて、俺の髪の毛を揺らす。けれど真也の短い髪はびくともしなくて、その姿が真也の確固たる自信の現れのように感じた。

「オレ、あいつに耳元でちょっとショックな、というかむかつくこと言われたことあるんだよ。周りの誰にも聞こえないように。もしかしたらオレのためにそうしたのかもしんねえけど、それよりもそんな言葉を誰にも聞かれたくなかったんだろうなって思う」

そんな澄香は想像できない。

でも、真也が嘘をついているとも思えない。

「……でも」

「そんな顔すんなよ。まあそんな一面があったことは、あいつが隠してたならお前は知らなくていいことだよ、多分」

どうせ信じられないだろ、と言って真也がけけけ、と笑う。

真也の言うとおり、俺には信じられそうにない。

俺のそばにいる澄香はいつだって、優しく、温かく、俺を受け入れてくれた。

「ま、なにが言いたいかってーと、睦月は自殺するタマじゃねえから、それは安心しろってこと」

「……ありがとう」

「責任感じるのなんかやめとけ」

本当に真也は意外と人をちゃんと見ているな、と思った。

「ま、彼女が目覚めねえのは心配だろうけど」

そう言って、真也は壁から体を起こして教室に向かって歩きはじめる。ありがとう、ともう一度お礼を言いながら窓の外にある空を見る。青空が見えているけれど遠くには厚い雲が覆っているのがわかった。ちぐはぐなこの空は、俺のようだと思う。

俺も澄香が自殺だったかもしれない、とは思っていない。

だから、自殺じゃない理由を探している。

瞼《まぶた》を閉じると、あの日、傘の中でショックを浮かべた表情の澄香が甦った。

Ⅲ

ヨクミキキシワカリ　ソシテワスレズ

—安藤 知里—

思ったことは口にしないと気が済まない、という点では、あたしと睦月澄香は似ていた。だからといって親しくなれるわけじゃない。

いや、正確に言うと親しくなれなかった。

あたしには、あの子がなにを考えていたのか、さっぱりわからなかった。

そんなことを、澄香が入院して以来毎日考える。そんな自分がいやで、最近はいつも以上に念入りに化粧をして髪の毛をセットする。その変化に、両親はちっとも気づかず、いつものように「おはよう」と「行ってらっしゃい」を繰り返す。

今度青色に染めようかな、と呟くと「本当に好きねえ」とよくわからない返答をママにされた。パパはなにも言わなかったし、新聞に隠れてどんな顔をしているかもわからなかった。


「睦月さん、まだ目覚めないんだってさ」

「心配だよねえ」

昼休み、クラスメイトが輪になってそんな話をしているのが聞こえてきた。

入院した直後はあたしも野次馬根性が出て、澄香と同じクラスの佳織にさほど親しくもないのに声をかけて真相を聞こうとした。ただろくな情報はなにもなかったし、あれから半月も経てば正直飽きてどうでもいい。むしろ、ここ半年ほど澄香との接点がなくなっていたというのに、毎日のように名前が耳に入ることにむかついていた。

　そのせいで毎日澄香のことを考えてしまう。そんな自分に一番苛立つ。

　剝げかけてきたマニキュアをいじりながら舌打ちをするのを堪えていると、

「名前が聞こえただけでなにしかめっ面してんのよ、知里」

　そばにいた春美《はるみ》がぎゃははは、と盛大に笑いながら言った。

「うっさいっつの。元々こういう顔だし」

　そっけなく答えると、「なんか、直前まで楠山くんと一緒にいたらしいよ」「なにかあったのかな？」「でもそれって不思議じゃない？」とこそこそ話しているのが聞こえてきて、今度は我慢できずに舌打ちをしてしまう。

「こわー！　ぶははは！　どんだけきらいなんだよ」

　あんたもきらいでしょうが、と大声で返していると、クラスの女子からの戸惑いの視線を感じた。おどおどされるのは面倒だし、無駄に気を遣わせるのもおかしいかと思い「別にあんたらのことじゃないから」と手を振って否定する。

「え？　あ、ご、ごめんね」

　なんであんたたちが謝んの？

むしろうるさかったあたしらが謝るべきなんじゃないの？

「毎回相手しなきゃいいのに」

と、春美が肩をすくめた。

たしかにいつものことだ。ドラマや漫画の話をしているだけでも、さっきのように周りから不安げな顔をされることがある。あんたらの話なんかしてないって、被害妄想強すぎじゃねえの？　と言ってやりたいけれど、そんなことをしたらますます怖がらせてしまうのがわかっているからこうして逐一《ちくいち》否定している。ただそろそろ学んでほしい。こっちはそんなつもりないんだから、あたしらのことなんか無視すりゃあいいのに。

まあ、あたしにも原因はあるんだろうけど。

自分で言うのもなんだけれど、あたしは派手だ。そして類は友を呼ぶとはこういうことだろうというくらい、あたしの周りにいる友だちもみんな派手。化粧は毎朝バッチリ仕上げてくるし（寝坊してすっぴんで来たやつがいたら眉毛のなさと地味な顔に全員爆笑だ）爪は長くつねにカラフルに彩られている。ピアスやネックレス、ブレスレットなどのアクセサリーは当たり前だしスカートはギリッギリまで短くしている。制服を校則どおりに着たことなんて一度もない。

感情をうまくごまかせないうえに口が悪いことも誤解されやすい理由に含まれるの

だろう。

だからって人をいじめっ子みたいに見ないでほしい。どっちかっつーと誰とでもそれなりに話をしてるほうだ。それに、きらいなやつのことを教室でこれみよがしに文句を言うなんてことはしない。いじめなんてださい。陰でこそこそ、そんなことをするくらいなら面と向かって正々堂々と言ってやるくらいのプライドがある。

――それが褒められるものではないことも理解したうえで。

「ほんとさっさと目覚めたらいいのに、鬱陶《うっとう》しい」

聞き耳を立てていなくても入ってくる情報が耳障りで仕方ない。ああ、イライラする。

「うはは、言いすぎ！　なんでそんなにあの子がきらいなわけ？」

「春美も好きじゃないじゃん」

「好きじゃないけどきらいってほどでもないし」

うっわ、その言い方ずっる。

今まであたしの話を聞きながら散々そばで笑って同意してきたくせに、あいつが入院してかわいそうな女子になった途端にそうやっていい人ぶるとか、抜けがけだ。あたしのふくれっ面を見て、春美は愉快《ゆかい》そうに笑った。

あの子、睦月澄香はあたしがこの世で一番きらいな女子だ。

本当は〝あの子〟なんて隠した言い方はしたくないけれど、周りに知られるとこっちが悪者になるから、春美たちは名前で呼ばない。なんせ睦月澄香は優等生で有名だ。あの子のことを悪く言うなんて、嫉妬《しっと》、やっかみ、八つ当たり、言いがかり、そう思われる。それがなおさらむかついて仕方ない。

あいつの表の顔に騙《だま》されているやつ全員目を覚ませよと言いたい。

澄香の本性は、二重人格で、したたかで、小狡い、男好きだ。

イライラしているのが教室中に伝わってしまったのか、周りの声が聞こえなくなった。こそこそと囁きながら喋っているのに気づいて無性に癪に障りカバンを掴み立ち上がる。

「まだ授業あるよ、知里」

「帰る。だりい」

今日は特にだめだ。このまま教室にいるとなんかこう、爆発してしまいそう。そう思ったところで生理前かと気づいた。感情のコントロールがうまくできないサイクルに入ってしまったらしい。

「わ！」

「あ、わりい」

ドアを出たところでぶつかりそうになって体を引く。

謝りながら顔を上げると黒縁眼鏡に気がつき顔を顰める。

「高田《たかだ》か」

「僕だったらいいや、みたいな言い方するなよ。カバン持ってどこ行くんだよ」

「ほっとけよ。高田に関係ないし」

眼鏡の奥にある吊り上がり気味の双眸《そうぼう》があたしを見る。

高田とこうして面と向かって話すのは久しぶりだな、と思った。中学から去年までは毎日のように高田に話しかけて、一緒に放課後を過ごすことだってあったのに。でも、よく考えれば今の関係のほうが正常だ。

長めの黒髪は若干目にかかっているし、身長は高いけれどやや猫背。パッと見は誰がどう見てもただの陰キャだ。ただ、高田の場合は話してみると、なかなか面白いやつで、意外にも交友関係が広い。誰かに気を遣って話すことはなく、むしろお前何様だよって思うくらい偉そうなときもある。自分の世界がちゃんとあって、他人を寄せつけないこともないけれど受け入れるわけでもない。人に合わせることは決してしないものの、寄ってくる人を無碍《むげ》にすることもない。究極のマイペース。

そんなところが、あたしは結構気に入っていた。

ただ、一年くらい前までのことだ。

「相変わらず口悪いなあ」

「は？　高田に関係ないし」

ぎろりと睨めつけると、高田は肩をすくめてあたしを通り過ぎていった。

ほんと、むかつく。あいつがそばにいると澄香のことを思い出してむかむかする。

唇に歯を立てて高田の後ろ姿を見つめていると、高田は誰かに声をかけられたのか立ち止まり横を見る。高田の視線の先を見ると楠山がひらひらと手を振っていた。あたしのきらいな男子二号。楠山とは喋ったことなんてほとんどないのだけれど、澄香の彼氏っていうだけで目障りな存在だ。

きらいっていうか、侮蔑《ぶべつ》の対象。そういう意味では高田も同じ。

どっちも女を見る目がない。

「なに怒ってんの知里、こえーな」

横から脳天気な声が聞こえてきて振り返る。

「なんだ、小森か」

「なんだとはなんだよ」

悪態をついても小森は顔を緩ませていた。最近、なにやらずっと好きだったという佳織とそれなりに話ができるようになって浮かれているのだ。っていうか小森がまじで佳織のことを好きだったことに驚きだ。

「なんで知里と高田は仲悪くなっちゃったかねえ」

一体どこから見てたんだ。

高田の後ろ姿を見て呟く小森に、澄香のせいだよ、と答えたいのをこらえて「うるさいな」と舌打ち混じり言った。

「そういや高田と友も最近あんまり一緒にいるところを見ないよなあ」

ほら、と小森が高田を指さした。たしかに高田は楠山に軽く手を上げて応えるけれど、それだけで話をせずにひとり歩いていく。

ふたりは中学時代に塾で知り合ったという。高校に入ってからはよく一緒にいる姿を見かけた。言われてみれば、たしかに去年の夏くらいからあまり一緒にいないかも。クラスが違ったから、お互い別の友だちができただけだろう。

けれど、もし、ふたりの関係がなにかをきっかけにこじれたのだとすれば、それは澄香だろうな、と思う。

「知らないしどうでもいい」

あたしにはもう、関係ない話だ。

「で、カバン持ってどこ行くつもりだよ、知里」

「帰る」

「サボりか、悪いやつだなお前」

「小森だって何度もサボってんでしょうが。今日は無理。生理前でなんかもうむしゃくしゃして授業とか受けられる気分じゃないし」

　男を前に生理とか言ってんなよ、と小森がちょっと頰を赤く染めた。

　普段はみんなにバカなこと言って盛り上げる役目の小森も、こういう話は苦手らしい。かわいいところあんじゃん、と思いつつも「じゃあね」と手を振る。

「あ、ちょっと待った！」

「なに？」

「知里、睦月のこと教えてほしいんだけど。きらいって言ってたろ」

「は？」

　澄香の名前に、廊下に緊張が走ったのがあたしにもわかった。

　小森の声はそこそこでかい。それに対してのあたしの威嚇《いかく》はもっと大きかった。

　こんな場所でなに言い出すんだこいつ、と眉間に皺が寄る。時と場所を考えて話せよ。

「知里が適当にそんなこと言うとは思えないから、その、なにがあったのか教えてほしいなって思って」

「なんで小森にそんな話しないといけないわけ？」

　あんたも澄香のこと好きじゃないって言ってたじゃん。それがなんで急にそんな話になるのか。

「なんとなく、気になって」

「小森に関係ないし、あたし生理前でイライラしてるって言ってんでしょうが！　うるさい！　話す気分じゃないの！」

大声に、小森は耳が痛むのか顔をぐしゃりと歪めた。

じゃあね！　と小森のバカを置いて去る。あーもう、むかつく！　これも全部澄香のせいだ。あいつが川でなんか溺れるから、未だに目を覚まさないから。だからこんなことになるんだ。

最近楠山が澄香と仲よかった沢倉さんや佳織たちにいろいろと話を訊いているらしいし、小森があんなことを言い出したのもそのせいだろう。あいつはお人好しでおせっかいだ。

ずんずんと大股で歩きながら靴箱に向かう。

さっさと目を覚ませよ！

あたしへの当てつけかよ！

澄香とあたしが初めて話をしたのは一年の頃。

あたしはB組で、澄香は隣のA組で、そのクラスには高田がいた。その頃のあたしは高田とかなり仲がよかった。

教科書を忘れて高田に借りに行ったとき、隣にいたのが澄香だった。学級委員長の話をしていたらしく、親しげに喋るあたしたちを見て驚いた顔を見せた。

「びっくりした、高田くんもっとクールなのかと思ってた」

まだ高校入学してさほど時間の経っていない一学期だからか、澄香はまだそこまで学校内で有名ではなく、あたしからすれば「誰だこいつ」という印象だ。

「あ、わたし、睦月澄香、よろしくね」

怪訝な顔をしていたあたしに気づいたのか、澄香はにっこりと微笑んであたしに右手を差し出してきた。変な女、と思いつつもその手を無視するほどあたしも子どもじゃない。「どーも」とその手を握り返して「あたしは安藤《あんどう》知里」と答えた。

正直その程度の関係で終わるだろうと思っていた。そのくらい澄香は今まで親しくなったことのないタイプだった。その予想は正しく、しばらくのあいだ、あたしたちは通りすがりに挨拶するだけの顔見知りだった。

それが変わったのは澄香が図書室に顔を出すようになってからだ。

中学時代からあたしと高田は放課後に図書室でよく時間を潰していた。そこに一年の二学期くらいから澄香が来るようになったのだ。そうすると急激にあたしたちは仲よくなり、自然に澄香と知里、と呼び合うようにもなった。

「澄香あんた、上級生とやり合ったって？」

「やり合ってないし。理不尽なこと言われたから受け入れられないって言っただけだよ」

「ぎゃはは、さすがじゃん。殴り合いか」

「そんなことしないし、やめてよー」

まあ頑張れ、と言うと澄香は「任せて」と親指を立てた。

澄香は優等生ぶった雰囲気をしていながらも、竹を割ったようなはっきりした性格をしていた。あたしみたいに大声で文句を言うことはないけれど、それを咎《とが》めることもないし、愛想笑いをすることもない。

なんだこの子、案外一緒にいてラクじゃん。そう思った。

気を遣わず言いたいことを言い合える。その関係に春美たちは驚いていた。意外なタイプ、と言いつつも、それが澄香の度量の広さだと褒め称えた。

しばらくはそんなふうにあたしと澄香は顔見知りよりも一歩も二歩も踏み込んだ仲だったと思う。

ただ、距離が近づくにつれてなんとなく違和感を抱くようになった。

それなりに親しくなったからこそ、遠目に見たときの澄香に感じるものがある。

澄香は持ち前のはっきりした強気の性格で、うちの学年ではすでにそれなりに名の知られた存在になっていた。整った顔立ちで、先生たちの評価もよく、誰とでも仲よくできる、しっかりものの優等生だ。それは、あたしからみてもまごうことなき事実だったけれど、それに対して「へえ」と思うだけだ。友だちにつく冠《かんむり》に興味はない。

「あんな派手な人たちとも仲よくできる澄香ってやっぱりすごいね」

と、澄香があたしと喋っているときに沢倉さんが言った。彼女が澄香の友だちでなければ「どういう意味だよ」と食ってかかっていただろう。

澄香は「なにそれ、そんなことないし」と笑って答えた。けれどその言葉の裏に、なにか胸の中がざらりと気持ちの悪いものでなでられるような違和感を抱いた。

澄香と話しているとなんとなくカチンと来ることが増えてきたのもそれからだ。

「また先生に呼び出されたでしょ」

「授業サボらないようにしなくちゃ」

「あたしが勉強教えてあげてもいいよ」

「知里はそんな派手な化粧しなくても綺麗なんだから」

全部大きなお世話だ。なんでそんなことまで口出しされなくてはいけないのか。まるであたしの母親かと。ママのほうがよっぽど放任主義だというのに。どんどん煩わしさを感じて、あたしの対応もおざなりになった。「うるさいって」「ほっといて」「なんで澄香がそこまで言うわけ?」と。それに対して澄香は「友だちじゃない」と言うのだけれど、その言い方もうざったく感じ始めた。

極めつけは「最近睦月と仲よくしてるらしいな」と担任に言われたことだ。

「面倒見てくれる睦月のためにも真面目にやれよ」

たしかにあたしは勉強ができなかった。平均点ギリギリで、ときに赤点も取る。わからないことがあれば高田に泣きつくこともある。おまけに化粧が濃いと何度も教師に怒られたし、髪の毛の色もピアスやネックレスのアクセサリーの多さに注意されたことは数え切れない。

「安藤が真面目になれば睦月も安心するだろう」なんだそれ。

「睦月のイメージも変わるんだぞ」知らないし。

一度寝坊して手抜き化粧で学校に来たときは「睦月のおかげだな」となぜかあたしではなく澄香が褒められた。

澄香があたしに口うるさくなったのは先生たちに言われたからか。順番は逆かもしれないけれど、それでも、そんなふうに言われることが気に入らなかった。教師にも澄香にも腹が立つ。

あたしによく話しかけてくるのは、自分がいいように見られるためなんじゃないの？

そんな思いを一度でも抱いてしまえば、あとは不信感が膨れ上がるだけ。

澄香は誰にでも話しかけるけれど、誰のことにも興味がないようにしか見えなくなる。すべてを損得で判断しているような気がして、気が強いところも、言いたいことを言うところも全部計算なんじゃないかと思えてくる。そうすることで得られるものを、きっと彼女はわかっているに違いない。

澄香のなにもかもが、嘘くさい。

仲よくなって三か月も経つ頃には、あたしの中で澄香はなんとなく避ける対象になっていた。

澄香はそれでもあたしを見かけたときは必ず話しかけてきた。

「久々じゃない？　学校来てたの？」

なんで澄香に会ってないからって、サボったと思われなくちゃいけないのか。

「知里、出席日数足りてるの？　やだよ留年とかしたら」決めつけんなよ。

「留年した知里に〝先輩〟って呼ばれたらなんかおかしいじゃん」留年したって呼ばねえよ。

「高田くんに教えてもらってばかりじゃ、高田くんにも迷惑がかかるよ」あんたからそんなことを言われる筋合いはねえよ。

あたしの顔が引きつっていることに気づいていないのか、もしくはわざとあたしの神経を逆なでしているのかはよくわからない。

「図書室にいるんだから、たまには本くらい読んだらいいんだよ」

相手にするのもバカらしくなって「はいはい」とあしらうように適当な返事をして会話を無理やり終わらせるようになっても、澄香は変わらなかった。

「さすが優等生、不良の知里のことまで気にかけてるってやつ？」

「さあ？　どうだか」

春美の口調には、澄香に対する好意のかけらも感じられなかった。あたしたちみたいな派手で迷惑な問題児と澄香は相性が悪いからだろうかと思ったけれど、そうじゃなかった。

澄香がみんなに好かれているというのは、表面上だけのものだ。

耳を澄ませていれば、興味がなくともそれなりに噂は耳に入る。バスケ部の先輩と付き合っているんじゃないかとか、隣のクラスの誰かと付き合っているとか告白されたとか、その中には高田や楠山の名前もあった。

噂の真相を本人に確かめても、澄香は必ず「そんなことないよ」「わたしなんかそんなふうに見られてないし」「先輩はただの友だち」と返答していた。噂になった男子たちの中には、真剣に澄香を好きだった人もいるらしく、告白されているところを見た子もいたとかなんとか。

「あの子はあれだよ、表には出さないけど、内心はねちねちしている自称サバサバ系女子」

イライラしている原因を愚痴っぽく伝えると、春美が言った。その言葉に、なるほど、と納得する。

「あれが素か計算かはわかんないけど、どっちにしても仲よくなりたくないわ」

「わかるー、ムリムリ。彼氏とか絶対会わせたくない」

それが女子の中での共通認識だった。

澄香は決して、手放しに女子に好かれていたわけではない。一定数、澄香のことを苦手だと思うやつはいた。春美もその中のひとりだ。

もちろん、そこには嫉妬もあっただろう。男に好かれるってだけで妬《ねた》ましいと思う人もいる。あたしだってそんな気持ちがないわけじゃない。

でも、澄香はそれだけでは説明しがたい、なにかがあった。

これが正しいのかわからないけれど、敢《あ》えて言うなら〝無神経〟が、一番近い。

そう、澄香は、無神経なのだ。

自覚のない無神経ほど、ややこしいことはない。

自覚のある悪意のほうがよっぽどマシだ。

ただ、この愚痴が他人(特に男子)の耳に入ると、女子の醜《みにく》い嫉妬だと思われてこちらが悪人かのように言われるだろうことはわかっていたので、誰も大声では言わなかっただけ。

去年の年末くらいだっただろうか。放課後、図書室に澄香がいないことを確認してから中に入ると、高田がいつものように「よう」と声をかけてくれた。

中学校の図書室に比べてかなり狭い、校舎別棟の一階にある二クラス分の広さしかない図書室は、いつも高田以外に生徒は見当たらなかった。管理のろくにされていないただの書庫みたいな印象だ。その分、周りを気にせず話ができるのでラクだった。

高田の目の前には本がいくつも積み上がっている。その日気になったものを手当たり次第手にとるのは高田の癖だ。多分高田は欲張りな性格なのだろう。

コートとマフラーを身につけたまま目の前に座り、本の山から一冊を手にする。中からひらりと栞《しおり》が落ちてきたので適当なところに挟み直した。

「ねえ、あんた澄香と付き合ってんの？」

最近ちらほら聞こえてくる噂の真相を本人に確かめると、高田は「なにそれ、まさか」と呆れたように笑う。今まで高田から女の子の話を聞いたことがないので、いつもと変わらないこいつの振る舞いが、真実ではないからなのか、それとも図星を突かれたことを悟られないように平静を装っているのかはわからない。

「噂になってるよ。高田と澄香は付き合ってるんじゃないかって」

「それ信じてるの？」

そんな鼻で笑わなくても、あたしだってそんな噂を信じていたわけじゃない。念のため、みたいなものだ。

「でも最近しょっちゅう一緒にいるじゃん」

「別に一緒にいるわけじゃないよ。学級委員長同士で話すことがあるだけだし、たまにここで顔を合わすだけ」

そんなことあるんだろうか。

あたしの場合は意識的に高田に会いに来なければこうして過ごすことはない。澄香みたいな優等生なら、そうではないのかもしれないけど。

「高田はあたしがここにいて邪魔に思ったりする？」

頬杖をつきながら訊ねると「どうしたいまさら」と目を丸くされた。

「澄香に、高田に勉強教えてもらうのは迷惑になるって前に言われたから」

「はは、そんなこと言われてんの？　知里がそんなこと気にするなんて意外だな」

「あんたがそう言ってんのかと思った」

「僕がそんなこと言うわけないだろ」

高田の読書の邪魔をするのは昔からだ。高田は決してあたしを邪険に扱うようなことはなかった。けれど、澄香が言うように内心実は煩わしく思ってたのかもしれないと、不安になったのだ。高田が陰でそういうことを言うようなやつではないと知っていたけれど、もしかしたら、と。

それは高田がさらりと否定してくれたことで払拭《ふっしょく》された。と、同時に湧き上がる澄香への嫌悪感。

「でも、あんたの成績が落ちて、あたしのせいにされたら迷惑だし」

「そんなことで落ちないよ」

その自信はどっから来るんだか、と思いながら本を読み続ける高田をぼけっと見つめた。いつの間にか日が沈みだしていて空が薄暗くなっている。心なしか寒さが増した気がした。

「あれ？　知里」

穏やかな時間を過ごしていたのに、それをぶち壊す澄香が現れて顔を歪めてしまう。なんでここに来るんだよ、と追い払いたいけれど、そんな姿を晒《さら》すのはいやだ。

「じゃ、あたし行くわ」

「おう、またな」

澄香を無視して高田にだけ挨拶をし、手にしていた本をぽんっと山に戻して図書室をあとにした。なのに「知里」とあたしを引き止める声が聞こえて渋々足を止める。

振り返ると図書室を出てあたしを追いかけてきた澄香が真後ろに立っていた。

「なに？」

「あの、あんまり高田くんの邪魔したら、その。かわりにわたしでよければ……」

それは、高田じゃなくてあんたじゃないか。

澄香は高田とふたりきりになりたいのだろう。しょっちゅう顔を出すあたしが邪魔だから追い出そうとしているんだ。

回りくどくて面倒で鬱陶しい態度に怒鳴りつけたくなった。

それをせずに睨んだだけで立ち去ったのは、図書室が近すぎるから、それだけだ。

無視して背中を見せたあたしを澄香はもう追ってこなかった。

靴を履き替えてなんとなく校舎をぐるりと遠回りして裏門のほうに向かった。そこからはちょうど図書室の窓が見えて、中を覗くことができる。

高田は本を手に澄香を見ていて、澄香は落ち込んだ様子で高田になにかを話していた。ときに泣きそうに微笑みながら、恥ずかしそうに俯きながら。女の武器をフル活用だ。高田は、そんな澄香に困ったように眉を下げてなにかを話しかけていた。

――あんな高田を見たのは初めてだった。

冷たい空気に触れて痛む顔を隠すようにマフラーを引き上げ、あたしは学校を出た。

あたしが澄香のことをきらいだ、とはっきり認識したのはあの瞬間だった。

ああもう、思い出すとむしゃくしゃしてくる。

「ちーさと」

石ころを蹴っ飛ばしながら歩くあたしの背後から、無駄に明るい声が聞こえた。誰かはすぐにわかったので「なによ」と振り返ると、春美が「私もサボり」と子どものような屈託のない笑みを見せる。

「なにイライラしてんの」

「生理前だからだってば。あんたこそなにサボってんのよ」

「知里が帰るなら私も帰ろっかなーって。彼氏に会いに行くー」

「ノロケかよ、自慢かよ」

春美が隣に並んで、あたしと歩幅を合わせて歩く。まだ授業が終わっていないからか、学校から駅までの道のりにはあたしたち以外の生徒は見当たらなかった。

「小森、知里が睦月をきらいなの知らなかったんだねー」

あいつは単純バカだから。

あたしと澄香が仲よくないことは、一度廊下で揉めたことがあるからみんな知っていることだと思っていた。一年も前のことで、澄香の名前を出すことすらいやで関わりを絶っていたから忘れ去られていたのかもしれない。

それが最近の事故だか事件だか自殺だかのせいで、調子が狂ったのだ。

あいつのことなんか綺麗さっぱり忘れたいというのに。

「誰からも好かれるやつなんていないっつーの」

「だよねえ。まあ、私はあんまり彼女のこと知らないけどさ。でも、あんまり親しくはしたくないかなあ。彼氏とかには絶対澄香の話しないしー」

「そのほうがいいよ。彼氏が他校でも、仲よくなったらなにがあるかわかんないし」

「で、知里が睦月をきらいなのって、高田が関係してんの？」

突然の言葉に、思わず時間が止まったかのように言葉を失い、動きが固まってしまった。「あー」と言いながらごまかそうかと思ったけれど、いまさら無理だ。春美は騙されてくれないだろう。

「……ゼロ、ではないかな」

「だと思った」

春美は、ははは、と軽く笑う。

あたしにとって、高田と過ごす放課後は意味のあるものだった。

仲が特別よくも悪くもない普通すぎる両親の待つ家に帰りたくないとき、友だちが誰ひとり捕まらないとき、あたしの過ごす場所は高田のいる図書室だった。

きっかけはたまたまだ。中学で高田と同じクラスになって話をするようになった。真面目そうな見た目なのに話しやすいやつだな、と気に入ってあたしがなにかと声をかけるようになった。

放課後に家に帰ってもつまんないなあ、と言ったあたしを図書室に誘ってくれたのは高田だ。

それはいつしか日課になり、同じ高校に進んでも、クラスが別れてもあたしは図書室によく足を運んだ。高田という存在がいなければ、あたしみたいな本をろくに読まない人種が図書室に通うことなんて生涯一度もなかっただろう。

高田のそばでは無言でいてもよかった。あいつはあたしにあれこれ訊いてくることもない。そして、お世辞や社交辞令も言わない。

親がどんな反応をするのか、興味半分で髪をピンク色に染めたことがある。高校入学してすぐのときだ。そのとき、小森や春美は「やるじゃん!」とゲラゲラと笑った。先生たちは目を吊り上げてあたしに説教をした。両親は「またそんな色にしたの」と諦めながらも受け入れた。

高田だけが、変、とその一言を言ってくれた。

「でしょ?」とあたしは笑った。だって実際ちっとも似合ってなかったから。そんなこと、染める前からわかっていた。

――『ごめんね』

高田と話した数日後だっただろうか。澄香に呼び止められて頭を下げられた。廊下の真ん中で謝罪をする澄香を、みんなが見ていた。

廊下にいると体中の体温が足元から奪われていく。

——『あの、余計なこと言ったみたいで』

——『そういうつもりじゃなかったんだよね』

なんであたしと高田のことをよく知らないあんたが口出ししてきたのか。なにを勝手に高田の気持ちを知ったかぶって代弁したのか。

——『ふたりのためによかれと思って。ほら、知里よく高田くんの読書の最中話しかけてるし』

それは、高田にとってよかれと思ったという話で、あたしにとってではない。あたしのほうが高田と付き合いが長い。中学時代からそうやって過ごしてきて、高田はそれに対してなにも言わなかった。

澄香にとってあたしはその程度の存在だったのだ。澄香は、女友だちよりも男を取るような女だった。勝手な思い込みで。

——『もう話しかけないでくれる?』

あたしはそう吐き捨てて、踵を返した。澄香の意味のわからない言い訳なんか聞いてもなんの意味もないし、面と向かって話をしたいとも思わなかった。

あれが、あたしと澄香の会話の最後だ。

……この前までは。

「じゃあね」

まだついてきそうな春美を手で追い払うようにして挨拶をし、歩く速度をあげた。

今は春美と楽しく話す気分でも、洗いざらいぶちまけるほど素直にもなれない。

それがわかったのか、春美も「じゃあねえ」と言うだけで、追いかけてはこなかった。


次の日、案の定生理が始まりあたしの気分は最悪だった。

けれど今日が終われば休日だ。明日明後日は遊ぶ予定を入れずに家でぐうたらして過ごそう。

「はよ」

共働きの両親は毎朝慌ただしい。あたしが声をかけても「おはよ」と返事をしてくれるだけでこちらを向いてはくれない。あたしが今の色に髪を染めたときも、数日気づいてくれなかった。

あんまりのんびりご飯を食べていると、家を出る準備をしているママが困るので、さっと済ませて流しに食器を運ぶ。そしてそのまま家を出た。

なんてことのない一日になる予定だった金曜日は、学校に着いた途端になにかが違うと感じた。普段から派手なあたしはそれなりに人目を引くけれど、今日は妙に落ち着かないほどじろじろと不躾《ぶしつけ》な視線が向けられる。

気持ち悪いな、と思いながらもよくわからないので放っておいたものの、教室に入った瞬間それは確実なものとなった。あたしを蔑《さげす》むような、どろっと纏わりつく視線。体中に鳥肌が立つほど不快なもの。

なんだよ、感じ悪いな。

「なに？」

思わずきつい口調になる。あれだけ感情を顕にした目つきで人を見たくせに、ちょっと威嚇すると目をそらすクラスメイトに「なんなの」ともう一度声をかけた。教室が一気に不穏な空気に包まれる。それにまったく似つかわしくない「知里ー！」という春美の元気な叫び声が聞こえてきた。

「あんたが睦月をいじめたって噂になってるんだけど！」

「はあ？」

ぎゃはははは、と笑い声が教室に響き渡る。

春美の口調からはあたしをからかっているだけなのがわかったけれど、クラスメイトは冗談だとは感じていないらしい。「やっぱり」とか「まじで？」という声がかすかに耳に届く。

「なんでそんなことになってるわけ？」

「ほら、昨日小森が廊下で叫んだじゃん。あれで」

あいつのせいか。

くそ、と悪態をついて、次に小森と顔を合わせたら文句を言ってやろうと誓った。なんて面倒なことに巻き込むんだあいつは。バカに正直な気持ちを伝えるべきではなかった。あたしのミスだ。

「あたしがそんなバカみたいなことするわけないっつの」

「あんたのことを知ってたらそれくらいわかるけど、イメージってのがあるみたいよ」

「派手だからって勝手にそういうふうに思い込まれるのまじで迷惑」

いじめなんて非生産的なことに労力を遣うほど暇ではない。

ただ、澄香が川で溺れた、自分から川に入った、と聞いたときにじわりと罪悪感が広がったのも事実だった。いじめはしていない、けれど、あたしは澄香を心底きらっていて、それを本人目の前にしても隠そうとはしなかった。

それが原因でこういう噂になっているのもわかる。

小森のせいではあるけれど、あの発言をきっかけに、去年廊下で澄香に頭を下げられたということをみんなが思い出したのかもしれない。

――『自殺なんじゃないの』

そういう話を耳にするたびに、ぞっとしたのも本音だ。

澄香が川で溺れる数日前に、あたしは……。

「じょう、っだんじゃない！」

ばんっとカバンを机に叩きつけると、教室がしんと静まった。

あたしのしていたことがいじめだというなら、今クラスメイトがしている態度はなんなのか。真相を面と向かって確かめることもなく、勝手に決めつけてこそこそ話しやがって。

「仮にあたしがいじめてたとして、あいつがそんなことで自殺するような性格かよ！　そんなわけねーじゃん！」

力いっぱい吐き出した声は、いつもの数倍大きかった。校舎のすみからすみまで聞こえたんじゃないかと思うくらいだ。

「なんなんだよ！　いっつもいっつもあたしを巻き込んで、なんなのあいつは！　あたしがなにをしたっていうの？　なんもしてねえし！」

肩で息をしながらクラスを見渡す。春美が「まあまあ」とそばであたしを宥めるけれど、そんなことで落ち着けるはずもない。

「たしかにあたしは澄香が大っきらいだったけど！　それがだめなわけ？　誰とでも仲よくしましょうってそんなこと実際あるわけないでしょ。あんたらだってあたしのこときらってたりするんだろうが！　なにが悪いんだよ！」

あたしはただ、澄香がきらいだった。だからっていじめてなんかいない。本人にきらいだと面と向かって言っただけだ。それがそんなにおかしいことか。

陰口叩くのもだめで、面と向かって言ってもだめってどうすりゃいいんだよ。

「知里」

教室の真ん中で感情を抑えきれないあたしの鼓膜《こまく》を、春美の声が震わせる。ぽんぽんと肩を叩かれて唇から血が出そうなほど歯を突き立てていたことに気づきながら振り返ると、教室の扉からあたしを見つめる楠山の姿があった。珍しく表情が硬い。

いつもにこやかな男だと思ったけれど、そんな顔もできるのかと、どうでもいいことを思いながら彼のそばに近づいていく。

「なに？　今日はあたしから話が訊きたいわけ？」

いまさら黙っておくこともない。

口の端を持ち上げて歪な笑みを向けながら言うと、「少しだけいいかな」と申し訳なさそうに、けれど決して否定の言葉を受け入れてくれなさそうな真剣な瞳をあたしに向ける。

一瞬断ってやろうかと思ったのに、口から出た言葉は「いいけど」だった。

「HR始まるまでなら」

「ありがとう」

楠山はホッとしたように笑みを浮かべてからひと気のない場所に向かって歩きだした。

こんな状況でもお礼を言える楠山に、いやみなやつだな、と思う。イライラして態度が悪くなるあたしが悪者のような気分になる。

どこに行くんだと思いながらついていくと、やってきたのは図書室だった。放課後以外使わないので知らなかったけれど、この部屋は大体の時間開放されているらしい。中に入ると誰もおらず、あたしと楠山は窓際に背を預けた。

「話があるならさっさとしてくれない？」

楠山とふたりきりになるのはあまりに居心地が悪い。すぐに終わらせて教室に戻りたい。そう思いすぐに話を切り出す。

「澄香が自殺した、としたら、それは安藤さんのせいなのか？」

楠山も同じ気持ちだったのか、かなり単刀直入に話しはじめる。

ただ、あたしがそんなこと知るはずもない。そうだと言えるほどのなにかがあったわけではないし、そうじゃないと言い切れるほど親しかったわけでもない。あの子のことなんて知らない。

「なに？　疑ってんの？」

「あ、いや、そういうわけじゃないんだ。ただ噂の真相を本人の口からちゃんと訊きたいなって思って」

疑ってるんだろ、それ。

自覚がないのかこいつは、と思うとげんなりする。でもヒソヒソ噂するだけのクラスメイトよりマシか。

「あの子が自殺するような性格とは思えないけど」

「それは俺だって、思ってる、けど」

じゃあ自殺の原因を探す必要はないんじゃないの。と、言いかけたけれどやめておいた。なんとなくそういうことを言ったところで楠山がやめるとは思えないし。

でも内心、楠山は澄香が自殺未遂をしたと思っているような気もする。なんでだろう。彼氏だからこそなにか感じるものがあるのだろうか。

はあーっとため息を吐いてから、いまさら隠すようなことでもないかと正直に話す。

「澄香のことは、大きらいだったし、それは澄香にも伝えてた」

「なんで、そんなこと――」

楠山は心底理解できないような顔をする。それを見てつい失笑してしまう。あんないい子なのにって？　バッカじゃないの。これだから男は。

「あたしからすれば、なんで楠山はあんな子と付き合って、そんなにあの子を信じられるのかのほうが理解できないんだけど」

澄香のたった一面を見てそれが彼女のすべてだと信じているのだとしたら、単純バカにもほどがある。小森のほうがよっぽど人を見る目がある。

「あんたは、澄香のなにを知ってるわけ？」

「少なくとも、安藤さんよりも、知ってると思う」

そりゃあ、一緒にいた時間はあたしなんかよりも長いだろう。だからってなんでも知ってるだなんて思い上がりもいいところだ。

楠山の美形ではないけれど整った顔に近づいた。

「あたしは澄香のことが大きらいだった。いなくなればいいのにって思ってた。多分、あたしだけじゃない。あたしほどじゃなくても、あんたの彼女は誰からも好かれる天使のような子では決してなかった」

「だから、いじめたとか？」

「まさか、そんなに暇じゃないよ。なんの得にもならないし」

そもそも今までそんな話が出なかったのだから、そんなはずないことくらいわかるでしょうが、と言葉をつけ足す。元々あたしがおおっぴろげに、それこそドラマや漫画、実際ニュースになるようないじめをしていれば、澄香が川で溺れた時点でなんらかの問題になっていたはずだ。

今回あたしの話が浮上したのは、昨日の小森の発言から。

そこから紐解《ひもと》かれて半年以上も前のことを話題にされて話が大きくなっただけ。

「ただ、あからさまに無視はしたけどね」

隠すようなことではないので、堂々と伝えた。

澄香と仲違《たが》いをしてから、話しかけてくる澄香をあたしはことごとく無視をした。

あれ以上話すことはあたしにはなかったし、それでも懲《こ》りずに声をかけようとする澄香に「うざい」と言ったこともある。「あたしなんかより男と仲よくすれば」と言った記憶もある。

ただ、それがいじめなのかと言われれば、わからない。

同じクラスでもなかったし、それ以前に親友だったわけでもない。連絡先も知らないし、あたしから絡みにいくことは決してなかった。誰かと一緒になってなにかをすることもない。いやがらせなんてことを自発的に行ったことは一度もない。

褒められるものではないにしろ、責められるほどのものではないはずだ。

「そもそも澄香にとってもあたしなんてどうでもいい相手だったんだから」

あの子は、誰とでも仲よくしようと振る舞うくせに、勝手なイメージを自分の中で持っていた。だからこそ、あたしが高田の邪魔をしていたと思ったのだろう。そして、あたしとポジションをすんなりと入れ替わり、高田との時間を過ごした。

あたしは何度も見かけた光景を思い出す。

ふたりはいつも一緒だった。楽しげだった。少なくとも、高田と一緒にいるときの澄香は、普段の澄香とは違って見えた。悪いけれど、楠山と付き合っている姿よりもよっぽど自然だったように思う。

笑って、照れて、安心していた。

ふたりには特別なものがあったはずだ。少なくとも、澄香には。

——一度だけ、澄香が高田の前で涙を流していたのを見た。

高田は彼女を慰めることなく、そっと図書室を出ていった。ひとり取り残された澄香はそのあとしばらくうずくまって泣いていた、と思う。

悔しいけれど、あのときの澄香は綺麗だった。いつもは気の強い彼女の弱々しい姿は、それだけで絵になった。

「あたし、澄香が高田に振られて泣いているんじゃないかっていうシーンを見たことがあるんだよね」

澄香と高田の会話を聞いたわけじゃないけれど、そうなんじゃないかとずっと思っていた。

今まで、誰にも話したことはない。

「だから、澄香は、高田を吹っ切るためにあんたと付き合ったんじゃないかと、疑ってる」

そして、それでも澄香は高田と放課後を過ごしていたことを、あたしは知っている。

「それでも、あんたは澄香をまだ誰からも好かれる、裏表のない彼女だとでも思えんの？」

楠山の表情は戸惑いが現れていたけれど、それは一瞬で消え去り元の澄香を信じる彼氏の顔になった。間違いなくショックを受けた様子だったのに。しかも、普段の優しいだけの目元に強さが宿っているのを感じて、あたしの話を否定しているわけでもなければ受け入れるのを拒否して意固地《いこじ》になっているだけでもないのがわかる。

「だとしても、俺の中の澄香の印象は変わらない」

「はっ、バカじゃないの？　騙されてるんだよ。あんたが知らないだけじゃん」

「それでも、関係ない」

バカもここまで来るとあっぱれだ。

ちっとも揺るがない楠山に苦笑するしかない。でも、こんなふうに信じてくれる彼氏がいた澄香は狡いな、とも思った。なんでも手に入れてんじゃん、あいつは。

「あんたの頭はお花畑だね。見たいものしか見えてないんじゃないの」

これ以上話をしても無駄だ。あたしがいじめたせいで自殺未遂をしたんだと思いたければそう思えばいい。

「あたしの話はこれで終わり。ほら、もうＨＲ始まるし行けば？」

「まだ……」

「これ以上話しても時間の無駄」

そう言って楠山を部屋から追い出した。

楠山はまだ納得できていなかったと思うけれど、予鈴を聞いて渋々廊下に出ていった。

ひとりになった図書室で天井を見上げて目を瞑ると、澄香の顔が浮かんでくる。

ガラッとドアが開く音がして、楠山が戻ってきたのかと思ってげんなりしたけれど、入ってきたのは高田だった。こいつがHRをサボるのは珍しい。

「知里、なんであんなこと言ったんだよ」

「本当のことだし。っていうかいつから盗み聞きしてたわけ？　趣味悪いなあ」

高田を一瞥して再び窓の外を見つめていると、隣に並ぶ。

「睦月は、知里のことが好きだったと思うよ」

「は？　なにそれ。そんなのいらねえし」

いまさらそんなこと言われてもうれしくない。

「知里に間違った思い込みを伝えたの、ずっと後悔してた」

「だから？　もうどうでもいいし」

いまさら謝られても許せるものではない。許したくもない。ちょっとでも友だちだと思ったからこそ、あたしは澄香を受け入れる気にはなれない。いや、それ以前から、あたしは澄香のことをそれほど好きではなかったし、信用もしていなかったのかもしれない。

「睦月は僕のことなんか好きじゃなかったし、僕もそんなんじゃない。知里の思っているような関係じゃなかったんだよ」

「そんなのわかんないじゃん」

「睦月が泣いてたのは、知里と廊下で揉める直前だよ。自分の今までの発言を後悔してた」

は？　と声にならない声が漏れた。

でも言われてたしかに、同じような時期だったことを思い出す。だからこそ、あたしは澄香とはもう二度と絡まないと決めたのだ。

「もうちょっと睦月の話を聞いてやってもよかったんじゃねぇの」

「……あたしは、一切聞きたくなかった」

今も、そんなことは知りたくなかった。できればあの日も聞きたくなかった。聞かなければよかった。

そうであれば。

「あたしが自殺の原因かも、なんて思いは微塵も生まれなかったのに」

絶対口にしたくなかった本音が溢れると涙も一緒に頬を伝って床にぽたんと落ちる。

だからあたしは澄香がきらいなんだ。

——『ごめん』

二度目に謝られたのは、澄香が川で溺れる数日前だった。

下校途中、あたしがひとりになるときを見計らって澄香が声をかけてきたのは、以前のことを多少なりとも失敗したと思っているからなのだろう。

ただ、あたしにとってはもうどうでもいいことだ。

「しつこいんだけど。半年以上前のこととかもうどうでもいいし」

頭を下げる澄香の横を通り過ぎながら冷たく言い放つと、手をギュッと掴まれた。

「話を、させてほしい！」と懇願する声に思わず足を止めて「なんなの」と眉間に皺を寄せる。

「もうどうでもいいって」

「そうじゃなくて、あの、わたし高田くんとはもう話さないから」

「は？」

意味がわからなくてさっきよりも深い皺を刻む。しばらく考えているあいだに、ふつふつと怒りが込み上げてくるのがわかった。澄香がどういうつもりでその発言をしたのか。考えれば考えるほど、バカにされているとしか思えなかった。

澄香が申し訳なさそうにしつつも、どこか明るさがあることも理解できない。悪いことしたけど、この方法でもういいでしょ、って言われているみたいだ。

「わたし、知里の気持ちに、全然気づかなくて」

「もういいってば」

「だから、これからはわたしのこと気にしないで！」

「なんであたしがあんたなんかを気にしないといけないのよ！」

必死に言われるたびに自分が惨めになる。

あたしが言うまであたしの気持ちなんて微塵も想像していなかったのか、澄香ははっとした顔をしてからみるみる表情を曇らせていく。ショックを受けて、そして、あたしのことを信じられないと言いたげな顔に変わる。まるで自分が被害者だとでも言いたげだ。それがあたしのプライドをずたずたに引き裂く。

あたしが「ありがとう」「仲直りしましょう」なんてバカげたセリフを吐くとでも思ってるのか。

「あんた、あたしをどれだけバカにしたいわけ？」

掴まれた手を振り払い、澄香の顔に自分の顔を近づける。

澄香のまつ毛が濡れているように見えたけれど、関係なかった。今までこれほどむかついたこともないし傷ついたこともない。なにが一番腹立たしいかって、目の前のこの女が、そのことになんにも気づいていないことだ。無神経もここまで来ると清々しい。

「ねえ、もう話しかけないで」

「……謝ってるのに、なんで話してくれないの？」

逆ギレかよ。

「知里も言いたいことがあるならはっきり言えばいいじゃない。わたしもたしかに悪いけど」

「けど、とか言うくらいの気持ちで謝ってほしくないんだけど！」

澄香がぐっと言葉を詰まらせた。「でも」と負けじと口にしてあたしを見る。まるで睨むような目つきに、なにをしにあたしに話しかけにきたのかさっぱりわからなくなる。

ケンカを売りにきたのだろうか。

「わたしに文句があるならはっきり言ってほしい」

「今言ってんじゃん、謝らないでいいし話しかけないでって。あたし、あんたのこときらいなの」

「でも、ちょっとくらい話を聞いてくれても」

はあーっとわざとらしくため息を吐く。

「じゃああんたはあたしの話を聞いてくれたことがあるわけ？　あれしろこれしろやめろと散々言ってきたけど、なにをもってそう言ったの？　あんたはあたしのことを決めつけてるじゃん。今回の件もそうでしょ」

そもそも話をするほど良好な関係ではなかった。

澄香のことを、結構話しやすいじゃん、と思った。けれど、それは気のせいだった。

あたしたちが理解し合えることはない。

「だから、これからは」

「いや、もうこれからとかいらないの。まじでウザい」

「だって知里って、いつもわたしの顔を見るたびいやそうな顔するじゃない。こうして謝ってるんだから、そろそろ――」

「謝らなくていいから、あたしのこと忘れて。あたしもあんたのことは忘れるから」

もう関わりたくない。謝られて許す気もないし、謝られたいとも思っていない。

話をしたくない、では収まらない。

あたしの世界から消えてくれればいい。

「もう二度と、あたしの世界に入ってこないで」

あの程度のことで自ら死を選ぶような子ではないはず。それほどの関係じゃなかった。そう思っていても、完全な拒絶だった。あたしの中で、澄香はいないものとした。短いあいだだとはいえ親しくした過去すらも、なかったことにした。

澄香はあたしが去ったあと雨の中で泣いていたかもしれない。

怒りで澄香がどんな顔をしていたかも定かではないけれど、だからこそ、かすかに過ってしまう思いがある。

あたしのせいかもしれない、と。

あたしは結局、澄香の気持ちなんかなにひとつわからない。

「同族嫌悪なのかもな」

「……なにそれ」

「知里と睦月は、似てるよ。意地っ張りで人の話を聞かないで、自分の思いだけで突っ走る」

自覚はあるけれど、それが澄香にも当てはまるようには思えなかった。でも、そうじゃない、とも言い切れない。

「両想いなのに、空回ってる。話し合えば簡単に済みそうなことなのに」

「好きじゃないってば、大きらいなんだって」

話を聞いてなかったのか。

ムッとして涙目のまま睨みつけるけれど、高田はちっともひるまずに「知里と睦月は似てるよ」ともう一度繰り返した。それにやっぱり腹が立つ。

「じゃあ、高田のことが好きだったのも一緒なの？」

思わず口にしてしまう。

さすがの高田も意表を突かれたのか目を丸くしてあたしを見た。珍しい表情に、羞恥を感じながらもざまあみろ、と内心呟く。

誰にも言ったことのないあたしの想いが、ここで形になってあたしと高田の周りに行き場を失ったかのようにふわふわと浮遊《ふゆう》する。どちらもその言葉を受け止めずに無言で見つめ合うだけ。

そして高田がやっと、

「それは、知里だけだよ」

と、表情を元に戻して言った。

ふーん、と言いながらあたしはそっぽを向く。泣くものかと何度も自分に言い聞かせながら。ここで泣いたら意地っ張りではなくなってしまう。最後まで意地くらい張らせてほしい。

「……でも、全然気づかなかったな」

ぽつんと呟いた高田に「あたし、嘘がうまいからね」と強気で答えると高田が優しく微笑む。そういう顔を今、見せないでほしい。

「口下手だな、知里も」

「〝も〟って言わないでよ。澄香と一緒にされたくないんだけど」

「はいはい」

高田はくすくすと笑いながらあたしを慰めるように髪の毛に触れた。

それは愛情から来るようなものではなかった。完全に友情としての手つきだった。自慢じゃないけれどそのくらいは理解できる。中学校から高田のことを好きだったとはいえ、それなりに他の男子といい感じになったりもしていたのだ。

「ごめん、ありがとう」

「別に、あんたがあたしを好きじゃないことは最初からわかってたし。高田が、誰か他に好きな人がいるんじゃないかってことも」

だからこそ、それが澄香なんじゃないかとか、誰か他の人を好きだから澄香を振ったんじゃないかとかいろいろ思っていたのだ。

「当たってるでしょ？」

高田は肩をすくめるだけで、イエスともノーとも答えない。それが、正解だと告げていた。

悔しいけれど、今のあたしはもう、それを受け入れることができる。

いや、今言葉にしたことで、やっと、だ。

ほんの少し素直になると、ほんの少し相手の気持ちも理解できるのかもしれない。

澄香が高田のことを好きだったと思っていたのも勘違いだったのかなと今なら思う。

だからって澄香に悪いな、とも仲直りしよう、とも思わないけれど。

ただ、もしかしたらこれからは澄香の言い分をちゃんと聞くこともできるかもしれない。澄香の気持ちのかけらくらいなら、わかるのかもしれない。

なんて、いまさら勝手な話だ。


家に帰り、ママに明日髪の毛を染めるなら何色がいいか訊いてみた。どうでもいいよ、と言われたらそれはそれでいつものことなので気にしないけれど、ちょっと意見を聞いてみたくなったのだ。

思いのほか、ママは真剣にあたしの顔を見て、

「ピンクはやめたほうがいいと思う」

と、言った。思っていたなら見たときにそう言ってくれたらいいのに、と口を尖らせると「気に入っていたら悪いかなって」とオロオロしながら「でも今の色はいい感じよ」と笑った。

校則違反だからだめなんだけどね、と言葉をつけ足したけれど、あたしはうれしかった。

その日の夜、夢を見た。

夢というよりも昔を思い出しただけだろう。

ピンクの頭をしていた高一の頃のあたしに、澄香が「アニメのキャラみたい」と目を輝かせた。「でも実際ピンクにすると、なんか、すごいね」と褒められているのかけなされているのかわからないことを言った。

「なにそれ。似合わないってこと？」と呆れると、澄香は「出会ったときからその色だから、その色が知里って感じ」と笑った。あの言葉であたしは澄香のことを面白いな、もっと話がしてみたいなと思ったんだっけ。

澄香のあの言葉に、きっと嘘はなかったと思う。

思い出せば、澄香は嘘をつくことはなかった。

あたしたちは多分似た者同士だった。それを、うまく意思疎通ができない関係なのかもしれない。かといって、思い返した様々な瞬間で面と向かって話し合うことはやっぱりできそうにないし、冷静に相手の表情を見て感情を察することも難しい。

澄香に対する感情が一転した、というわけでもない。

正直なんだかんだいやなやつだな、面倒くさいな、と思わないでもない。

どう考えても仲よくなる未来なんか思い描けない。

それでも、彼女のことを好意的に受け止めた日々があり、多分澄香も同じように思ってくれていた時期はある。かわした言葉すべてがいやな思い出でもない。忘れられない、覚えておきたい思い出もちゃんとある。

「早く目を覚ませよ」

朝、目が覚めて不意に口をついて出た。

顔を合わせるとうまく噛み合わないあたしたちだから、交換日記とかをしてみるのもいいかもしれない。そんな小学生みたいなことを考えたら、なぜか喉がぎゅうっと萎《しぼ》んで苦しくなった。

でも、これから図書室の窓から見える景色は、きっと晴れている。

・・・・・・・・猫

ひとりの時間は至福だ。

もちろん、ご飯をくれるにんげんは必要だけれど、昼寝はひとりに限る。

心地よい秋の日差しを全身に受けるようにごろごろと数十分ごとに体勢を変えて過ごす。横向き、仰向き、ごろんごろんと体を回転させて日光浴。明日もいい天気だといい。

もうしばらくしたら運動がてら散歩に出かけよう。

「うわ、猫じゃん」

うつらうつらしていると突然降ってきた声に体が跳ね上がる。しゅばっと逃げる体勢に入ると、目の前になんだか不思議な色の髪の毛をしている少女がぼくを見つめていた。なんだか目がバチバチしていて見られているだけで緊張する。ただ、長い髪の毛が風で揺れるとぼくの体がちょっと反応してしまう。

ふわふわが揺れている。

捕まえたい。

気がつけば体を低くして目的までの距離を測っていた。

「安藤さん？」

よし行くぞ！　と思ったところでぼくのタイミングを乱す声が聞こえてきて顔を上げる。いつもの餌《えさ》役少年が突っ立ってぼくと不思議色の少女を見下ろしていた。

もうちょっと空気を読んで出てきてほしい。

やる気が削がれて、戦闘態勢だった自分が恥ずかしくなり毛繕いに精を出した。まったく、どうしてくれるんだ、この昂ぶった気持ちを。

「どうしたの、こんなところに」

「いや、別に。なんとなくうろうろしてたら猫を見つけたから遊ぼうと思って来ただけ。なに、こいつ楠山の猫なの？」

不思議色の少女はぼくを指さした。こいつって失礼だな。ぼくにはちゃんとピアノっていう名前があるのに。

「いや、野良猫で、ご飯をたまに。澄香がかわいがってて」

「ふーん。野良猫に餌とか、偽善者っぽいところが澄香らしいね」

意味はよく理解できなかったけれど、不思議色の少女の言葉に、餌役の少年は少し傷ついたような顔をした。ぼくは顔を見るのが得意だから、なんとなくわかる。

「ああ、悪い意味じゃないよ、別に」

「……偽善者って褒め言葉じゃないんじゃないの？」

「そう？　やらぬ善よりやる偽善ってゆーじゃん。いいんじゃないの？　まあ、ちゃんと去勢《きょせい》してるかどうかも問題だけど」

そう言って不思議色の少女はぼくを掴む。とっさのことで逃げられなかった！　しかもこの子結構猫の扱いがうまい。なで方が気持ちいい。

「でもちょうどよかった。楠山に会わなくちゃと思ってたんだ」

喉をなでられてぼくの喉がぐるぐると鳴った。鳴らしたくないのに、止められない。それがわかったのか、少女はぼくを子ども扱いするかのように笑ってからゆっくりと地面に下ろした。

「言いすぎたなって思って」

「……いや、俺も、なんか決めつけてごめん」

「いや、あたしが澄香をきらってたのは本当だから別にいいんだけど。ただ、高田のことは多分あたしの勘違い、だと思う。わかんないけど」

どっちだよ、と餌役のかわりにぼくが突っ込んでしまった。

少女はふは、と笑って「かわいいな」とぼくの頭を乱暴になでつける。乱暴なのに気持ちいいし、少女の笑顔はなんか、目がすごい色なのに細くなって優しく見える。悪くない。

「やっぱりさ、澄香が自殺しようとしたとはあたしは思えないんだけど、正直別にそこまで澄香のこと知らないから、わかんないってのが本音」

「……うん」

女の子の笑顔に反して、餌役はかなり真剣な、それでいて泣きだしそうに見えた。あの日の、傘の下で見せたものと、それはよく似ている。もしかして今日も雨が降るのだろうか、と空を仰いだけれど、雲ひとつ見当たらなかった。

「少なくとも、澄香は完璧な、優しい女の子ではなかった」

うん、と餌役の少年が微笑んだ。

「いやな面もいっぱいあるし、狡いところもあった。少なくともあたしはきらいだった。今も、きらい」

そっか、と言って今度は少し優しく、温かみのある笑みを作る。

「でも、多分、澄香はそんなに強くもないんじゃないかなって、今なら思う」

少年はなにも言わずに、顔を歪ませながら唇で弧《こ》を描いた。いろんな笑い方をするやつだ。

不思議色の少女も、餌役の少年の表情の歪さに気がついたのか、「まあいいけど」とよくわからない言葉をつけ足してから「じゃあ言いたいことはそれだけだから」とすっくと立ち上がった。

「あのさ、これはあたしが気になるだけなんだけど」

「うん？」

「あんたたちってどんな付き合い方してたの？」

「え？　いや、まあ普通だと思うけど……。お昼を一緒に食べて、たまに一緒に出かけて、メッセージを送って電話したり。多分、仲はよかったと思うけど」

餌役の少年は、少し恥ずかしそうに答える。少女は「ふうん、多分、ね」と言った。

「澄香から高田の話とかあたしの話は聞いたことないの？」

「……そう、だね」

「それって、あんたと高田が昔に比べて話をしなくなったからだったりするの？」

餌役はぴくりと体を震わせてから首を左右に振って「違うよ」と短く答える。そして小さな声で「多分」とつけ足した。にんげんは〝多分〟が好きらしい。

「……なんか、あんたら本当に仲のいい恋人同士なの？　なんか変だよね」

って、誰とも付き合ったことのないあたしが言うことじゃないか、と女の子はぎゃははと笑う。あまりに豪快な声に、ちょっとびっくりした。

「あ、あと、お花畑とか言ってごめんねー」

ひらひらとぼくに手を振って去っていく少女に、もうちょっといてもいいのに、と呼びかけながらそばにいる餌役に視線を向けた。

このにんげんは最近ずっと同じような表情をしている。

ずっと、誰かに責めてほしいような、それでいて許されたいような、そんな変な顔だ。

正直ぼくはこのにんげんのことをそこまで好きではない。雨の日にあの少女をずぶ濡れにするまで一緒にいたのだから、そばに近づいて傘を差してあげればよかったんじゃないかと思う。

でも、とてもつらそうにしているので、ぼくには責められない。

相変わらずにんげんは面倒くさそうな生き物だな、と思う。ぼくは猫でよかった。

少年がぼくに手を伸ばしてきたので、なんとなく今日は逃げないで触らせてやった。

「お前には、澄香はどんなふうに見えてたんだ?」

にんげんの質問の意味はよくわからない。

「なんか、全然知らない子の話を聞いてるみたいだったな」

雨みたいにぽつんと落とした言葉に、ぼくは顔を上げた。

Ⅳ

ヒドリノトキハ　ナミダヲナガシ

—高田 純平—

今日は風が強いな、と窓の外で揺れる枯れ葉を見て思った。

いつもここでぼんやりと宙を見つめていた睦月は、どんなことを考えて過ごしていたのだろう。

僕の中での彼女は不安定で、脆《もろ》くて、自信のない、生きづらそうな人だな、という印象だ。もっと気楽に過ごせばいいのに、他人の目なんか気にしなくていいのに、と何度も言ったけれど、彼女の耳にはろくに響かなかったようだ。

だからだろう。

彼女が川で溺れたと聞いたとき、噂を耳にする前に僕の脳裏には〝自殺〟の二文字が浮かんだ。

睦月ならもしかすると、自ら雨の日の川に飛び込んだのかもしれない。

不謹慎だけれど、僕にとって睦月は、そういう女子だった。

だからって、それを誰かに話すようなことはしないけれども。

「またここにいるんだ」

手元の本からなんとなく視線を持ち上げて窓の外に広がる空を見つめていると、背後でドアが開く音がして、知里の声が静寂に包まれている図書室に広がる。

彼女の明るすぎる髪色はこの場所にあまり似合わないので、異質なものが混ざり込んできたような感覚をいつも抱く。けれど、僕はそれが結構好きだ。

「相変わらずここは誰もいないねー」

「だからいいんじゃないか」

知里は倉庫みたいだよ、と言いながら僕に近づいてきて、どすんと目の前の椅子に座った。そして僕が本棚から取ってきた本を一冊手にしてぱらぱらと捲《めく》る。いつもそうするから、僕が挟んでいた栞を外してしまうこともある。

中学のときはもう少し図書室って感じだったけれど、この高校はかなり適当な作りで、管理もろくにされていない。カウンターにも誰もいないので、持ち帰るときに手続きをしたことはない。ただ、それがお気に入りでもある。図書室にひとりきりって、贅沢をしているような気分になる。

かといってこの場所に知里や睦月がいたところで僕のせっかくの空間が、と思うことはないし、帰ってほしいとも思ったことはない。それは、僕の成り行き任せの性格のせいもあるし、知里たちがほどよい距離感を保ってくれていたからだろう。

ただ、今はこうして知里が仲のよかった頃のように話しかけてくるのが不思議だ。ついこの前までのような冷たい態度をとられるのだと思っていた。なんせ、僕は知里に告白されて、それを断ったのだから。

不思議そうな顔をしているのがばれたのか、知里が怪訝な顔を見せた。

「なに？」

「いや、別に」

ここで話題に出して変な空気になるのもどうかと思ったのでなにも言わなかった。なんだかんだ勘のいい知里のことだから、僕の考えていることくらいお見通しだろうし。少なくとも、僕はこの状態をうれしくも思っている。

知里の気持ちに応えることはできないけれど、僕にとって知里は唯一の女友だちだ。そして、睦月とは違った。

知里は変な勘違いをしていたけれど、僕にとって睦月は友だち、という関係ですらなく、彼女にとっても僕は、ぬいぐるみ程度の存在だったのだと思う。

知里と軽く話をして再び小説の文章に意識を戻したけれど、ちっとも頭の中に入ってこなかった。文字を目で追っているのに、脳裏にずっと、睦月が雁字搦《がんじがら》めになりながらも気丈に振る舞う姿が浮かぶ。

「珍しいな、高田がそんなふうに心ここにあらずっていうの？　そういうの」

「……そうでもないと思うけど」

「どうせ澄香のことが気になってんでしょ」

知里が椅子の背もたれに体重をかけて拗ねるように言った。気になっているのは事実だけれど、知里が考えているような理由ではない。何度否定しても知里はまだ疑っているようだ。

人の意見を聞かないところとか、本当、知里と睦月は同じだ。

それでも僕にとって知里だけが特別な友だちであるのは、彼女が僕を信用している（実際には好意だったのだけど）から。

「睦月は、器用すぎたんだろうなあ」

「ふうん。よくわかんないけど。なんか、まるで澄香は自殺しようとしたみたいな言い方じゃん」

「……そこまでは考えてないよ」

動じた様子を見せることなく否定すると、知里は「ふうん」ともう一度口にした。

そして、心ここにあらずで、睦月のことを気にしているのは僕ではなく知里のほうだということに気づく。それを伝えたら知里が口から火を噴くほど怒りそうなので余計なことは言わないことにする。

「あたしはあのむかつく澄香が自殺を選ぶとは思えないんだけどさあ」

だって、面と向かって無神経なことをずけずけ言うようなやつだよ、ある意味鈍感ってことじゃん、こっちが被害を受けてんのになんであいつがそんな選択するのかまじで意味わかんなくない？　おかしすぎるじゃん。と、知里がまくし立てる。

ひとしきり不満を口にしてから「だからこそ考えるんだけど」と知里にしては真面目な顔で、声のトーンもいつもの二割減くらいで、呟く。

「もしも、自殺しようとしてたんなら理由はなんなんだろ」


睦月はまさしく優等生だった。

高校に入って同じクラスになり、見た目だけで学級委員長を押しつけられたとき、僕は睦月を見て、ああ優等生だなと思った。黒縁眼鏡をかけているというだけで真面目のレッテルを貼られた僕が言えることではないけれど。

校則よりもやや短めの、かといって短すぎないスカートに、胸元のボタンを外しているのにはだけた印象を与えない、パリッとした白シャツ。髪の毛は艶やかな黒色で、アクセサリーもなにもないのに妙な色気を感じる女子だった。

「よろしく、一緒に頑張ろうね」

そう言って笑顔で僕に話しかけてきた。一見誰とでも親しく話すことができて、仲よくなれる。そういう雰囲気を纏いながら。

でも、僕には彼女がそう見せたい、周りにそう思われたい、と思っているように感じた。

「ああ、でも僕こういうの苦手だから頼ることになると思うけど」

「あはは、そんなことないよ」

返事が妙に噛み合っていない気がしたものの、特にそれ以上のことは思わなかった。

僕らは当たり障りなく学級委員長としての仕事をそつなくこなし、相手に不満を与えない程度に協力し、会話をする。

聞かれたことにはつらつと答える。

どんなクラスメイトに対しても、睦月は同じ態度で気さくに話しかける。

与えられた仕事には全力で取り組む。

自分に厳しく、他人にも厳しい。

その姿は肩肘《かたひじ》張りすぎじゃないのか、と思えるほど必死に見えた。でも、誰もそんなことを言わずに睦月に頼り切るので、僕がおかしいのかもしれないし、失礼なことかもしれないので心の中に留めておいた。

睦月は他の女子と比べたら話すほうだったけれど、それはただ、学級委員長で一緒だったから。

そうでなければ、僕は彼女と当たり障りのないクラスメイトにしかならなかっただろう。それは、僕に問題があるのではなく睦月がそういう態度を見せるからだ。

その関係にほんの少しだけ変化が起きたのは、二学期に入ってしばらく経った日の放課後。

小学生の頃から授業が終わると図書室でひとりで過ごしていた。

別に家にいたくないとか、空想にふけって現実逃避をする、といったたいそうな理由があるわけじゃない。ただの趣味だ。家には姉と妹がいて騒がしいから。学生のお小遣いでは好きなだけ本を買えないから。それだけのこと。

漫画や映画や小説の、誰かの人生を見せてもらっているような感覚が好きだった。

そこに中学から知里がときどきやってくるようになり、高校に入るとごくたまに友も顔を出す程度に来たこともある。他愛ない話をのんびりとかわすだけだけれど、僕はそれを楽しいと思っていた。

でも、それをひとつ失ったとき、そのことに対してさびしい、とか悲しい、とは思わなかった。

そんな自分はもしかしたら欠陥人間なのかもしれないと思った頃に、睦月はここにやってきた。知里かな、と思ってドアのほうを見ると、誰もいないと思っているのか沈んだ表情で俯いている睦月がいた。

いつものハキハキ喋る睦月と、別人のような雰囲気だった。

「……っえ、た、高田くん？」

「どうも」

はっと気づくとさっきまで小さくなっていた体がしゃんと伸びた。ああ、睦月はいつもこんなふうに人前で背筋を伸ばしているのだな、と思った。

「誰もいないって聞いてたから、驚いた」

あはは、と気まずそうに笑う睦月は、なかなか中に足を踏み入れようとしない。僕に気を遣って入るのを躊躇《ちゅうちょ》しているのかと「とりあえず座れば？」と声をかける。けれど、あまりいい誘い方ではなかったらしい。「あー、うん」と言いながらゆっくりと、今にも踵を返して出ていきそうなほど躊躇いを含んだ足取りで近づいてきた。

遠くもなく近くもない席に座って、僕の手にしている本を眺める。

「高田くんって本読むんだね」

「まあ、趣味だから」

「純文学とか、なんか有名なのとか読むの？」

「いや、いくつか読んだけど合わなかったからあんまりそういうのは読んでない。エンターテイメントが多いよ。人が死んだり、犯人探したり、ＳＦだったり」

睦月は意外だね、と目を丸くしてから「わたしも少し読むんだよ。純文学が好きかな」と言った。好きそうだな、と言いかけてなんとなく飲み込む。

「面白いからまた読んでみたらいいのに」

その返事は笑顔だけにとどめた。

小学校の頃、先生にそういう本だけじゃなくてこういうのも読んでみたらどう？

と言われて小難しい本を渡されたことを思い出す。クラスの女子がきらきらした漫画みたいな小説を読んでいたときも渋い顔をしていた先生は、自称読書家で、大好きな作家を何度も僕に勧めてきた。他にも「これを読まないと損だよ」とはやりの小説や漫画を友人に無理やり貸されたこともある。

人の趣味や好みに口を出されるのは好きじゃない。おすすめなら手に取りたくなることもあるけれど、押しつけられると途端に拒否したくなる。

普通を、当たり前を、常識を、僕は苦手としているのだ。

それを受け入れられないと気づくくらいなら、知りたくない。

「高田くんって、なんかこう、悟りを開いてるよね」

僕がなにも言わないことになにかを感じたのか、睦月が言った。

「なにそれ、褒め言葉？」

「もちろん。羨ましいなって」

しばらくのあいだ無言だった図書室で、睦月が突然なにもかもを諦めたような声色で言った。けれど、表情はさほど暗くなかったことにちょっとほっとした。

「睦月のほうがみんなに羨ましがられてるんじゃないの」

「……まあ、そうなるように、そう思われるように、振る舞ってるから」

はは、と睦月が乾いた笑いを出して、口をつぐんだ。

このあとになにか言葉をつけ足すのだと思って待っていたけれど、一向に喋ろうとしない。僕が話しかけるのも変な気がしたし、睦月も僕がなにか言うのを待っている様子もないので、結局そのあとはずっと無言で過ごした。

「じゃあね」と日が沈みだして睦月は席を立った。ここにやってきたときとは別人のようなスッキリとした表情が、妙に心に残る。そして、なぜか、ふっと突然消えてしまいそうな儚さを感じる。

ただ、それだけだと思っていた。

睦月はもう図書室には来ないだろう。

けれど、睦月は週に一度あるかないかくらいの頻度でふらっとやってくるようになった。大体の時間を無言で過ごし、中身のない会話をとりあえずのようにかわして帰っていく。知里がやってきたときだけはよく笑い、よく喋っていたけれど、それ以外は正直、空気がなくなって萎んだ風船みたいに見えた。

「そういえばさ」

知里の声に、はっと意識が覚醒する。

「高田って楠山のこと避けてんの？　前は楠山、たまーにここにも来てたよね。いつからかぱったり見かけなくなったし、話しかけられてもなんか余所余所《よそよそ》しくない？」

「……そういうつもりはないけど。顔を合わせたら話くらいするし」

なにそれ、と知里が首を傾げる。僕の言い方がかなり突き放したように感じたのかもしれないけれど、間違いでもないのでわざわざ否定はしなかった。

「彼女がいるから忙しいんだろ」

「……前も彼女いたでしょ。中学校からの彼女」

「元々そんなに来てなかったし。っていうか急にどうした？」

「塾から一緒で仲よかったのになんでかなーって」

塾と高校は違うよ、と答えながら、そう考えると友との関係はそこそこ長いんだなと感じた。

僕が塾に通いだしたのは中学二年の春。友はすでに通っていて、僕を見てよろしく、と笑いかけてきた。はじめは体験入学で、正直僕はすぐに辞めるつもりだったけれど、結局卒業まで通い続けたのは友という気の合う相手と出会えたからだろう。

「ま、いいけどー。じゃあ、あたし帰るわ。次来るまでに、あたしでも読めそうな本なんか見繕っておいて」

「え？　なにそれ」

「せっかくだし読んでもいいかなって」

なにが〝せっかくだし〟なのか全然理解できない。ただ、そっぽを向いた知里の耳がほんのり赤く染まっていることで、睦月のセリフを思い出した。

本でも読めば、と睦月はここで知里に会うたびに言っていた。睦月だって読んでないじゃん、と思いながらなにも言わなかったけれど、彼女なりに知里と仲よくしているつもりなのだろうことは客観的に見ていればわかった。冗談を言って笑い合う関係だと睦月は思っていたに違いない。それを、知里がさほど友好的に受け止めていないことに僕は気づいていたので「まあいいじゃん」とたしなめてはいたけれど、あまり響いていなかった。

「いまさら気にしなくていいのに」

「そんなんじゃないし。暇つぶし。じゃあよろしく！」

くすくすと笑うと、知里が僕を睨んで出ていった。素直じゃないのに素直だ。知里なりに、睦月に歩み寄ろうとしているのだろう。もちろん、それで仲よくなれるとは、本人も思っていないだろうけれど。それでも行動に移すところが知里だ。

「睦月もあれくらい素直だったらこんなにこじれてはいないんだろうけどなあ」

思わずひとりごちる。

睦月がもう少し言葉を選んで話すことができていれば、親友は無理でも友だちくらいにはなれたんじゃないかと思う。睦月が知里に〝ここに来ると邪魔になる〟と言ったのも、知里が考えているほど深いものじゃなかった。

――『高田くんが、栞の位置が変わるって前に言ってたから』

知里にどうしてそんなことを言ったのかと訊いたとき、睦月はそう答えた。それならばはっきりとその理由を言えばよかったのに。なんて言葉足らず。

――『でも、冗談だった』

――『本気にするなんて思ってなかったし』

要は、知里とバカなことを言って、文句を言い合いながらも仲のいいそんな関係になりたかったということだろうか。あまりにも真剣に言うので、間違ってるだろ、おかしいよ、と口にできなかった。なにが悪いのかわかっていない相手に教えてあげるのは根気がいる。

一度知里と揉めたら、理解できるかもなと思いそれ以上深く突っ込まなかった。それがよくなかったなと、今はちょっと反省している。

まさか僕と睦月が恋愛感情を抱いているような関係だと知里が勘違いしていたのは予想外だった。そういうことほど、面と向かってさっさと訊いてくれればよかったのに、変なところで気を遣う。

そんなことを考え、今日は本を読める状態じゃないなと僕も腰を上げた。

読むのはいつも一冊が限度なのに、その日の気分で選びたいからと気になったものを手当たり次第に手に取るせいで、帰りはいつも棚に戻すのに時間がかかる。

――『なんでそんなに本が好きなんだよ』

塾での空き時間、本を読んでいると友に話しかけられたときのことが蘇る。

友は漫画ばかり読んでいたので本を読んでいる僕が大人っぽく見えたらしく、「かっこいい」「俺も本を読みたい」と言って僕に尊敬の眼差しを向けた。そこから本を貸すようになり、一緒に空き時間は読書と感想を語る時間になった。ふたりで何度も書店や古書店に行った。友がまだ僕の読んでいない本のネタバレをしてケンカしたこともあったっけ。

思い出すと、自然と笑みが溢れる。

片付けを終えて校舎を出ると、空はすっかり暗くなっていた。気がつけば秋になり日が落ちるのが早くなった。まだグラウンドを走っている運動部の姿はあったものの、間もなくみんな帰るだろう。うだるような暑さをこえるとあっという間に秋だ。そして、もうすぐ冬になるんだなとしみじみと思った。

冬になる頃には本格的に勉強に力を入れないといけなくなるんだろう。そんな目をそらしたくなる現実が頭を過ったとき、校門にもたれかかっている人影に気がついた。相手からは僕の顔がよく見えないらしく、じっとこちらを見ているけれど微動だにしない。ただ、僕からは校門近くの街灯で相手の顔がはっきりとわかる。

「なにしてんの、友」

「ああ、よかった、高田まだ学校にいたんだな」

ということは僕を待っていたのか。

「なにか用事？　携帯に連絡くれたらよかったのに」

隣に並んで駅に向かって歩きながら話を続けると、友は「そういえばそういう方法があったか」と恥ずかしそうに笑った。

「高田は本当にいろんなことによく気がつくなあ」

「そんなことはないだろ」

たいそうなことじゃないのに、友の心の底からの声に気恥ずかしくなる。おまけにこうして友と並んで歩くのは久々だから落ち着かない。僕の右側を友が歩いているんだと思うと、体の右半分が変な感覚になる。

「最近出たミステリーで今人気のやつ、高田読んだ？」

「あーあの受賞作か。読んだけど僕はオチがあんまりだったかな」

「だよなあ、あーよかった。ネットで絶賛されてるから俺がおかしいのかと思っちゃった。でもレビュー読んでるとなるほどなあって感じるし」

ここ一年近くこうして話をするのも一緒に帰ることもなかったのに、友の様子は前となにひとつ変わっていない。思わず今までみたいに返事をしてしまったものの僕に向けられる笑顔になんの混じりっ気なかったことで我に返った。

「で？　今日はなにか訊きたいことあるんだろ？」

「あー、うん。でも、うん」

友にしては歯切れの悪い返事だったので、こちらから「睦月のことは、友だち以下の関係だったよ」と先に切りだした。話をさっさと終わらせて友と別れたい。このままだらだら友と世間話をするつもりはない。

「高田は本当にすごいな……よくわかったな」

「見てれば誰だってわかるよ。知里と話をするのに穴場を教えたのは僕なんだし、話も実は盗み聞きしたし」

「そっか」

そこまで話すと、僕らのあいだに沈黙が落ちてきた。一体なにを聞かれるのだろうと、なにもやましいことなどないのに緊張感を抱く。暗くなった道端では、友の表情がよく見えないというのもその気持ちに拍車をかける。風になびく、友の柔らかそうな髪しか見えない。

「高田は、澄香と仲がいいのかと、思ってた」

「なんで？　放課後一緒にいることがあったって聞いたから？」

「うん。あ、だからってふたりの仲を疑っているとかじゃないんだけど」

はっとして慌てて手を振る。知里に誤解されたくらいだから、その可能性も考えていたけれど違ったらしい。

「それでも、仲がいいんだと思った」

その言葉に、今度はどう返事をしようかなと、遠くを見つめた。駅に近づくにつれて街灯が増えてきて、その中のひとつがかちかちと音を出して不安定な明かりを灯《とも》しては消す。

睦月は、つねにこんな感じだったのかなと、いまさら思った。

僕が睦月に対して感じていたことを友に話すのは、あまりいい方法だと思っていなかった。

僕は、睦月が事故だ、とは信じきれていないから、そんな僕の話を友に聞かせても不安を煽るだけ。

けれど、友が睦月を知りたいと思っているのならば。

「ただ、僕が本を読むのに図書室が最適で、睦月が息をするには図書室しかなかった、ってだけだよ、多分」

「……俺のそばでは、息ができなかったのかな」

友は驚いた顔をしたけれど、次第に悲しそうに眉を下げて項垂《うなだ》れながら呟いた。

もう少し「どういうことか」とか「なんでそんなことを」と詰め寄られると思っていたので拍子抜けする。

こんなときでも、友は人の意見を素直に受け入れるのか。

だとすれば、今までの友は自分の見ていた睦月に疑いなんか抱くことはなかったのだろう。それはすごく優しい。そして、悲しい。

人を信じることは美しいと言われるし、そういう物語も存在する。けれどそんな気持ちだけで生きていければ誰も苦労はしない。そうじゃない人間が必ず存在するのだから、結局信じてばかりでは騙されるし、その優しさは人を傷つけることもある。

少なくとも僕は……そんなものを求めていない。

「友は本当に、相手のいいところしか見えないよな」

褒め言葉ではなく、いやみだ。

――『どうしてわたしたちが、先輩たちの不手際の代償を受けなくてはいけないんですか』

一年ほど前の睦月の声が蘇った。

同学年の生徒ならほとんどの人が知っているであろう文化祭の事件。あのとき、そばには僕もいた。もちろん僕だって、先輩たちの頼みを聞くつもりはなかった。こっちだって、初めての文化祭で、みんながわくわくしながら話し合いをして決めた出し物だ。それを三年の先輩が申請書を提出し損ねたことで手放すわけがない。

ただ、あの瞬間、僕は血の気が引いた。

正論を言えばいいというわけじゃない。

火に油を注ぐだけ。

睦月にはそういうところがあった。間違っているわけではないのに、言葉選びが悪すぎてヒヤリとする。

あのときの僕はヒートアップした睦月と先輩たちのあいだに入ることも、おまけにクラスみんなが睦月に賛同をしたので否定的な意見を口にすることもできなかった。

結局睦月の正論が勝って、先輩たちは悪態をつきながら去った。

一応学級委員長だし、ことが収まってから睦月と話をしなければ。せめて折衷《せっちゅう》案を出さなくては問題が大きくなる可能性もある。準備が進んだあとに先生たちが先輩に同情でもして今の状況が覆ったらそれこそ問題だ。

僕が頭を抱えていると「かっこいいな、睦月は」と惚れ惚れした様子で友がやってきた。

――『あんなふうに意見を言うなんてなかなかできないよ』

――『先輩たちも残念だったよね』

――『どうにかみんな希望の出し物ができたらいいのになあ』

柔らかい物言いだったし、友は思ったことを口にしただけで深い意味はなかったのだと思う。同じようなことを僕が睦月に言っても、きっと理解してもらえなかっただろう。僕なら睦月を責めるような言い方をしてしまったに違いない。

それがよかったのか、

「飲食店の数を増やせないか先生と実行委員に、話をしようかとは思うんだけど」

と、睦月は言った。

まるで、最初からそうすることを考慮していたかのように、自信たっぷりに口にして、友はそれを「やるなあ、睦月」と褒め称え、協力するよと名乗り出た。

「俺の知り合いに三年の先輩がいるから、まず話をして相談してみるよ」

そう言った次の日には僕らは実行委員長と向かい合っていた。友にどういう関係の先輩だったのかと訊くと、中学の先輩だとかで、わざわざ橋渡しをしてくれたうえに友の頼みならと前もって委員長に提案もしてくれたらしい。交友関係が広い友にしかできない技だ。

まだ渋い顔をしていた委員長を、友は誠実な対応で説得した。片付けの問題や材料や見回りの問題なども自分にできることならなんでも協力すると言って頭を下げた。

その結果、三年生のクラスも飲食店を出せるようになったのだ。それは睦月のおかげではなく、友の交渉術のおかげだ。すべてがうまくいってみんなに睦月はヒーローのように映っただろう。それを睦月は謙虚に受け止めた。

その裏で、睦月は自分の言動に後悔もしていた。

あのあと、睦月は図書室に来て「楠山くんがいなければ、あんな発想はできなかった」と言葉をこぼしていた。

そんな友と睦月が付き合うことは、さすがに想像もしていなかった。

あの頃の友には中学時代から付き合っていた彼女がいたということを抜きにしても、僕はふたりが付き合うとは、いやそれどころか——ふたりが両想いだとは思わなかった。

その頃には僕と友の関係は希薄《きはく》になっていたから余計に驚いた。

顔を合わせると挨拶だけでそれ以上の関わりを絶っていたのに、あまりに気になってつい自分から友に聞いてしまったくらいだ。

「友と睦月は、なんで付き合うことになったわけ？」

「え？」

「気に触ったなら、悪い」

「いや、そういうんじゃないよ。突然だったからびっくりしただけ。でも、なんで？」

あはは、と友が笑って、そのあと一呼吸置いてから逆に質問をされた。

「友、彼女いただろ、なんか昔からの」

「……ああ、うん」

「なのに別れて、そのあとすぐに睦月と付き合ったのは、なんでかなって」

本当はなんで睦月を好きになったのかを訊きたかったんだな、と質問をしてから思った。わかっていたとしても、この問いは投げかけることができなかっただろう。

「あんまりにも澄香が優しかったから、つい」

つい、で人と付き合うのか。友らしいといえばらしいけれど、正直見損なった。そんな気持ちで彼女を作って、優しげな目元で睦月のことを語ることにもうんざりだ。これは誰にも言えないし、言うつもりもないけれど、僕はずっとふたりが一緒にいるところを見るたびに、歪だなと思っていた。

その理由が垣間見えた気がする。

睦月が友のどこに惹かれたのかは知らない。その気持ちを疑っているわけでもない。ふたりが付き合ったのも僕には関係がない。

「友と付き合うことになったんだってな」

図書室でそんな話題を出したことがある。あのとき、睦月は恥ずかしそうにしながらも頬を緩ませていた。けれど、それに対して「ありがとう」とか「うれしい」とか、世間一般的に言いそうな言葉はなにも返してこなかった。

それは、友の気持ちを睦月も察しているからなんじゃないかと思った。

睦月は、かわいそうなやつだったのかもしれない。

結局あのあと、友とは睦月の話をすることもなく、かといって離れることもなく駅まで一緒に歩いた。友が僕に訊きたかったことはもういいのだろうかと思いつつ、自分が口を滑らせて変なことを言ってしまいそうな気がしてこちらから話題を振ることはできなかった。

そんな気分で昨日を過ごしたからか、今日の寝起きはあまりよくない。空を厚い雲が覆っているから、塞いだ気分に拍車がかかる。曇りって雨よりもすっきりしない感じがする。おまけに前を歩く友の後ろ姿も見つけてしまった。

「おっす」

校門をくぐろうとしたところでぽんっと背中を叩かれて振り向くと、知里が「なに湿気《しけ》た顔してんのー」と眉根を寄せた。

「寝不足なんだよ」

「夜中まで本でも読んでたわけ？」

「そんなところ」

「おい、絶対適当に喋ってんだろ！」

知里が渋い顔をしながら僕の肩を、手にしていた携帯で軽く叩く。カバーがもこもこしているので、ちっとも痛くない。

「あれー、ふたり今日は仲よしじゃん！」

次は靴箱で背後からどんっとぶつかられた。

こんなことをするのはひとりしかいない。

「痛いよ、小森」

「あははは、悪い悪い、この前まですげえ仲悪かったのに急に一緒にいるからさあ」

「うるっさいなあ、別に仲悪くなかったし」

「そんなはずないじゃん！　すっげえ睨んでたの知里じゃねえかよ！」

聞こえない聞こえない、と言って知里が耳を塞ぐ。

ふたりのやりとりを見ているとバカバカしくて元気が出る。あまりに騒がしいからか、前を歩いていた友が僕に気づいて振り返り「よ」と手を振った。

今までよりも表情の柔らかい、友人に対する笑みを向けられて不満が胸の中に広がる。昨日一緒に帰ったことで、友の中ではすべてが過去のことになり、流されてしまったのかもしれない。

僕の気も知らないで。

悔しくて、返事をしないまま友から目をそらした。

「なあ」

階段に差しかかると、ふっと人が消えたみたいに僕と知里以外いなくなった。その瞬間、確かめなくちゃいけない気持ちに襲われて知里に呼びかける。そして、「なんで?」と言葉を続ける。

足を止めて、僕の少し後ろに立っていた知里と向かい合った。

「なんで、僕と前みたいに話せるの?」

「どういう意味かさっぱりわかんないんだけど」

「僕は、知里の気持ちにこたえられないのに」

知里の気持ちを僕は知った。

驚いたけれどうれしかった。でも、僕はそれにこたえることはできない。

だからこそ、知里の気持ちがわからない。

「僕は、うれしいと思ってるよ。知里と少し距離ができたこともあったけど、こうして前みたいに話せるのはうれしい。知里は友だちだから。でも、知里はいやじゃないの?」

知里は驚いた顔をしていたけれど、僕の表情を見てから「あー」と困ったように頭をかいた。長い髪の毛が少し乱れる。

「言いたいことはわかるけど、なんで話せないと思ったのかってのが、逆にあたしにはよくわかんないというか」

うーんと頭を捻り腕組みをする知里に「話したくないって思わないの？」と言葉を変えて質問をすると「うーん」ともう一度唸った。

「気まずいのっていやじゃん。今までひとりでわたわたして、勘違いして八つ当たりしてたのもあるしさー」

「でも、気まずいだろ、普通」

「まあそうなんだろうけどさあ。いまさら隠すようなことでもないから言うと、高田のことを好きなのは変わんないけど、友だちでも戻れるならそっちのがいいかなーって。結局あんたのこと、人としても好きなんだよあたしは」

恥ずかしいこと言わせないでよ、とちょっとだけ知里が頬を赤くした。

上から誰かが降りてくる気配がして、再び足を動かす。階段をのぼりながら知里から言われた言葉を反芻《はんすう》させて、何度も自分はどうなのかを考えた。

あまりに黙っているからか、知里が僕の一歩前に出て振り返る。

「あたしと喋んのいやなの？」

「うれしいよ、それは、本当」

「じゃあいいじゃん、あたしの気持ちなんだし。高田はちょっと自意識過剰で自信家すぎるんじゃない？　ずーっとあんただけ想い続けると思ってんの？　だってあたしだよ？」

放っておけばいいのよ、あたしなんだから、と知里は言って「それよりこの前頼んだ本、ちゃんと探しといてよね」と普段の大きな声で叫びながら、ひとり先に教室に向かった。

そんな知里だから、僕は彼女を大事な友人だと思えるのだろう。

僕と知里は違う。だからこそ、一緒にいて楽しい。そして、だからこそ僕と知里はどうしても同じようにはできないのだと実感する。

友の目に、僕はどんなふうに映っているのだろう。

そんなふうに考えて、初めて睦月と自分の共通点に気がついた。

――『わたし、宮沢賢治の、この詩の人みたいになりたいなあ』

睦月が言っていた。

図書室での睦月はいつも、なにかを後悔していた。言い方を失敗したとか、いい返事があったのではないかとか。そのたびにポケットからしわくちゃの紙を取り出してぶつぶつ呟いていた。

そんな姿を、睦月は誰にも見せなかった。

あのとき、僕の目に睦月はかなり危なげに映った。今にも倒れてしまいそうな、そんな不安定さ。普段教室で見せていた優等生風の姿を知っているからこそ、この振り幅に戸惑いつつも僕はただ息を殺して、せめて少しでも睦月にとってこの場所がラクであるように努めた。

たった一度だけ、知里にひどいことをしてしまったと涙を流していた日があった。今まで、おそらく誰にも見せたことのない睦月の涙を見て、無力な自分は姿を消してこの場所を彼女に明け渡した。誰もいないほうが気がラクだろうと。

「友」

振り返り、名前を呼ぶ。後ろにいた友は「おはよう」と昔と変わらない返事をした。僕がさっき無視したことに気づいているくせに、どうしてなにもなかったかのように応えることができるのか。

「放課後、久々に図書室で時間を潰さないか？」

「お、いいねえ！」

うれしそうにする友を、僕は直視することができなかった。

放課後の図書室はいつも以上に静かに感じた。

いつものように本を物色しながら歩き回るけれど、今日は一冊も手に取ることができない。緊張でどのタイトルも僕の目に留まらず、普段なら大体どこにどんな話があって何度も読もうとした本の前で足を止めるのにそれもない。今の僕の視界に入るものは、車窓から見える景色みたいに流れていく。

「ごめん、待った？」

と、友の声とドアが開く音が聞こえると、心臓が大きく跳ね上がって口からなにかが飛び出てきそうになった。こんなふうになるのは、去年の夏以来だ。

「よう」

平静を装いながら本棚から姿を出し、手ぶらで椅子に座る。その様子に友も「今日の本はまだ選んでないのか」と不思議そうに首を傾けた。

「今日はいいんだ」

「なんだそれ」

そう言いながら、友は僕の目の前に座った。いつもの明るい表情の中に緊張が読み取れる。友もなにかを察しているのだろう。そのほうが話が早くていい。

「なあ」

呼びかけると、友がぴくりと肩を震わせて反応した。

「なんで？」

今朝、知里に問いかけた言葉をそっくりそのまま、今度は友に投げかける。けれど、意味合いが少し違う。知里は僕に告白した。それを断ったのが僕だ。

けれど。

「僕を振ったのは友なのに、なんで普通に話しかけるんだよ」

友に告白をしたのは僕で、それを断ったのが友だ。


「なんでそんなに本が好きなの？」

塾での休憩時間、本を読む僕に友が訊いてきた。僕は「物語の中の人が生きてる、その日々を見るのが好きだからかな」と答えた。

「ふーん。俺よくわかんないけど、共感とか？」

「まあ、そういうのもあるけど……僕は別にそれを重視してるわけじゃないよ」

「本を読んでるからか返事がかっこいいな」

なんだそれ、と突っ込むと「重視！」と特に難しくもない言葉を復唱する。

「むかつく相手でも、なんかこういうこと考えるんだなーとか。共感に絞ったら自分みたいな話しか読めないから」

まあ、実際のところ楽しければそれでいいだけなんだけど。

「無節操《むせっそう》に読み漁るのが好きなんだよ」

「いいじゃん無節操。なんでも楽しめるってすごいし、そのほうが高田らしいし」

楽しみは多ければ多いほどいい、と友は親指を立てた。

そんな日々を過ごしただけの関係で、忘れられないふたりだけの思い出があるわけじゃない。

なにかもっともらしい理由があったらよかったと思う。

友だから特別なんだと確信できる絆《きずな》だったり。もしくは、僕を救ってくれたことがあるとか、僕のことを誰よりも理解してくれたエピソードとか。

そんなものはない。

本の話をした。漫画の話もした。家庭の話をした。友は、家のことをするから高校からは塾には通わないんだ、と言っていた。さびしい気持ちを隠しながら「へえ、偉いな」と答えると、「俺は高田と高校生になっても放課後塾で一緒に過ごしたかったなあ」とちょっと残念そうに呟いた。

大好きな作家のサイン本を大事にする僕に、「俺の大事な物ってなんだろう」と真剣に悩んで、最終的に「大事なものがあるのって羨ましいなあ」と言った。

眼鏡がかっこいいと、僕の眼鏡をかけて「似合う?」と笑ってみせた。

そんな、他人から見たら特別なことのない日々の積み重ねだった。けれど、僕にとってはそのどれもが特別だった。

僕はいつの間に友に対して他の誰にも抱いたことのない感情を抱いたのか。それにいつ気がついたのかすらも、自分ではわからない。

これは隠さないといけないものだとはなんとなく理解していたけれど、そんな苦悩よりも友と話す時間の幸福度のほうが高かった。

気がつけば四六時中、一緒にいたいと思い、友を独占しようとした。僕以外に、僕以上に親しい友人なんか作らないようにと一番の理解者のフリをして友を囲い込んだ。

そんな醜い感情と、邪《よこしま》な想いを隠して友だちの仮面を被り続けていた。

友に彼女がいたのを知らなければ、今もそうして過ごしていただろう。

「あれ？　言ってなかったっけ？」

中三の終わり、会話の中から突然〝彼女〟の単語が聞こえてきて友に訊くとあっけらかんと言った。

友が好きだった。

そばにいられたらいいと思っていた。

でも、友はそうじゃない。僕のような男を好きになることはなくて、女の人が好きで。そんな当たり前のことをなにひとつ考えていなかった自分にショックを受けた。

僕はいつだって警戒すべきは男だとしか考えていなかった。

彼女がいるかもしれないなんてことを一度も考えたことがなかったことに羞恥を抱く。あまりに恥ずかしく、惨めで、かっこ悪い自分を隠すように明るく振る舞った。

友と一緒にいるときは理解ある友人であろうとした。

そのうち、この気持ちが風化してくれるのを願いながら。

今までどおり、妙な行動は起こさないでただの友人として振る舞わなければいけない。抱きつかれても、触れられても、なんでもないことなのだと言い聞かせた。友の肌に、腕に、唇に手先に、目を奪われないように。異性として感じるだろうものを排除しなければいけない。友の瞳に映る自分を想像してはいけない。

眼鏡の奥で目をそらし、暴れそうになる心臓を必死に押さえつけて過ごしていた。

「高田は高校に入ってからクールになったよなあ」

そう言われて、自分が友だちとしてそばにいたわけじゃなかったことに気がついた。僕に〝今までどおり〟なんて無理だったのだ。

自分がいやになり、半ばヤケクソだったのだろう。

「僕は友のことが、好きなんだよ」

面と向かって告白をしたのは、図書室で、よく晴れた日で、汗ばむ季節だった。友の額には薄っすらと汗が浮かんでいて、こいつには夏が似合うなと、そんなどうでもいいことを思った。

「俺も好きだよ？」

引きつった笑みで答えた友の優しさを、「バカじゃゃねえの」と一蹴《いっしゅう》して「そういう意味じゃないことくらいわかってるだろ」と追い打ちをかける。僕の発言で心を乱してくれることにかすかに喜びを抱いたことも、苛立ちの原因だった。諦めが悪くていつまでもやましいことばかり考える自分と、さっさと別れたかった。こんなものは捨ててしまいたかった。

「はっきり振ってくれないか」

頭を下げる。

「……いやだ」

友は意外にも拒否した。何度頼んでも友は口にしてくれなかったので、僕は「じゃあもういいよ」と言って踵を返した。

ただ、諦めなかったのは僕ではなく友だった。

次の日の友は何事もなかったかのように僕に話しかけてきた。いつものように触れて、笑って、僕の名前を呼ぶ。そして、なんの気兼ねもなく彼女の話もする。

まるで、本当になにもなかったみたいに。

僕が告白したのは一体誰だったのか、夢だったのかと不安を抱くほどだ。

だからこそ、僕はそんな態度の友を遠ざけた。親しくしようとされればされただけ、友を突き放した。

それでも友は諦めなかった。

「バカなのか？」

「ひどいなあ、高田は」

改めて友に問うと、笑って僕の名前を呼ぶ。

僕が侮蔑を込めた視線を向け続けていると、さすがの友も苦笑してから肩をすくめつつ「だって、それでも変わらないだろ」と言った。

「なにが？」

「俺と高田は友だちじゃん。たしかに告白されて、俺はそれを受け入れられなかったけど、だからって友だちをやめなきゃいけない理由にはならないじゃないか」

なにより、と友は真剣な目で、僕を見据える。

「俺は高田と友だちでいたい。付き合って別れても友だちじゃなくなるわけじゃないだろう」

そういう人もいるだろう。

現に知里は僕に今までのように接してくれる。それを嬉しいと思うし知里は大事な友人で、この先もそうであればいいと思う。別れた恋人同士でさえ、友だちになる人もいるだろう。

でも、僕はそうじゃない。

それは相手が友だからとか男だからとかではない。

僕の性格的に、それはできないんだ。

一緒にいても友だちは戻れない。それならば、僕は、友の心にかけらでもいいから残っていたいんだ。

「僕はもう友と、仲よくするつもりはないんだ」

「そんなの……。俺の気持ちは無視かよ」

「そう言うなら友だって僕の気持ちを無視してるじゃないか」

友はぐっと言葉に詰まる。それでも「いやだ」「なんで」と小さな声で繰り返し僕に聞いた。それに対して、僕は友が納得する理由を答えられない。

どうしたらわかってくれるのか。

友がいやだと言うたびに、求められている気がして喜ぶ自分がいる。でもそばにいる限り僕は友を好きでなくなることはないだろう。

この先に僕の求めるものはひとつもないのに。

「お前の、その中途半端な優しさが、僕を苦しめているんだよ！」

僕の恋心をなかったものにしたくない。

友にはずっと僕を振ったことを覚えていてほしいし、僕と友だちですらいられなくなったことをずっと悲しんでいてほしい。

でも、忘れてくれてもいい。

矛盾の思いに体が押しつぶされそうだ。

「僕は友みたいに、簡単に線を引くことができないんだよ」

大事なものってなんだろうと、首を傾げて悩んだくせにひとつも出てこなかった友の、大事な存在になりたいと思った。でも、元々友にはそういう感情が足りていないのだ。

「大事なものを大事にするんだ。してしまうんだ」

「……だったら、友だちでも」

「大事なものがなんにもない友にはわからないんだって！」

友は表情を失ったかのように呆然として、「え」とかすかに言った。

窓が少しだけ開いているのか、隙間風がひゅううと音を鳴らす。それが、僕らの関係を切り裂く音に聞こえた。

「友は、なにも大事じゃないし、誰のことも大事じゃない。誰のことも好きになれないんだよ。表面上だけ人に優しくすることしかできないから、質《たち》が悪い」

これは完全に八つ当たりだ。

今まで散々友の優しさに、距離の近さに甘えてきたくせに、苦しくなったからって友を攻撃して自分を守っている。そんな自分に思わず涙が溢れてきた。こぼれそうになり慌てて拭う。

「睦月のことだって本当は好きじゃなかったんだろ」

「そ、んなことは」

「友は自分が気づけなかったことはなにもなかったってことを確認したいだけだろ。睦月のために調べているつもりだろうけど、そんなこととして、目覚めた睦月がどう思うかは考えてんのかよ」

根掘り葉掘り、知らないところで自分のことを彼氏が聞き回る。

隠したいから隠していたはずなのに、その気持ちを想像すらしていない。

「お前はいつも、優しさで人を傷つける」

友の目は、潤んでいるように見えた。

僕を見てなにを感じているのか、なにを考えているのかわからなかったけれど、傷ついていることだけは明白だった。元々睦月のことで疲れた顔をしていた友の肌が、ますます青白くなったように見える。

お互い譲れない思いがあって、それはどちらも要約すればそばにいたい、になるのだろうけれど、僕らの気持ちはあまりにもベクトルが違う。

交わることは多分ない。

そばにいればいるほど、僕は昔のように友と向かい合うことはできない。友がそれでいいと思っても、僕がいやだ。つねに友のために、あるべき自分でいようと着ぐるみを着込んでしまう。その窮屈《きゅうくつ》さに音を上げるときの自分を想像すると、ぞっとする。

睦月もそんな気持ちだったんじゃないか。

いつもギリギリに見えた。それは、教室でつねに誰かの望む姿を必死に保とうとしていたから、それでいて、うまくできない自分に絶望して後悔して自己嫌悪に陥って、ひとりでもがいていたのかもしれない。だから、ここでだけ息をしているように僕に見えたのだろう。

睦月には悪いけど、僕はそんなふうになりたくないんだ。

僕はきみよりも少し、自分のことを甘やかす術を知っていて、逃げ出すこともさらけ出すことも、ほんの少しの力でできる。

僕は自分のために偽った。

睦月は誰かのために、そうあろうとした。

その違いもあるのかもしれない。

「もしも俺が……好きになれたら、そばにいてくれたのか？」

「そんなのはもう、僕のことを好きじゃないって言ってるようなものだよ。そもそも、友には睦月がいるじゃないか」

「……そう、だな」

友は顔をくしゃりと潰して歯を見せる。

こんなときでも僕のために笑顔を作る友が、大きらいで、大好きだと思う。

友は「つらいこと言わせてごめん」と僕に背を見せる。去っていく足音と、閉じられたドアの音に耳を傾ける。さっきまであった人の気配が完全に消えたことを確認して、はあーっと息を吐き出し机に突っ伏した。

——本当は、うれしかった。

告白をした僕に対して、今までと変わらない友で接してくれたことにほっとしたのも本音だ。誰にも言いふらしたりすることなく、僕を軽蔑するでも嫌悪するでもなく受け入れてくれたことに関して、友はやっぱり僕の親友だったと思う。

あんなふうに傷つけるつもりはなかった。

笑っていてくれる友が好きだった。

それに何度も幸せな気持ちをもらっていた。

後悔が僕を襲うのに、時間が巻き戻っても、自分は同じことをするだろう。

友より誰より、僕が一番ひどい。大事なものをずたずたに傷つけなければ手放せない。綺麗なままで押し入れにしまっておくことができない。

「なにひとりで泣いてんの」

突然の声に弾かれたように顔を上げると、いつの間にかさっきまで友の座っていた場所に知里が机に肘をついて座っていた。

「ほら」

差し出されたハンカチを見つめて、自分の視界が歪んでいることに気がつく。そっと頬に手を添えると、涙で濡れていた。こんなに泣いていることに気がつかなかった。

知里はいつからここにいたんだろう。

どこから話を聞いていたのだろう。

ハンカチを受け取り涙を拭いながら考えるけれど、本人に直接聞く勇気は出なかった。泣いている理由を訊かないのは、ただ気を遣っているだけなのか、すべてを知っているからなのか、僕には判断がつかない。

でも、そばにいてくれる優しさが胸に、目に、染みる。

友も今頃泣いているのだろうか。

今ここに、知里がいてくれるみたいに、ひとりで泣くようなことがなければいい。

睦月もこうして誰かのそばで涙を流せていたら、なにかが変わっていたのかもしれない。

僕にはそれができたかもしれないのに。

――嫉妬で僕は彼女を傷つけたまま放置し続けた。

なにも話さなくても、彼女に泣ける場所を提供できればよかった。

「友だちを、失ったよ」

小さな声は、まるで子どもが親に縋《すが》りつくみたいに弱々しかった。言葉を発すると余計に涙が溢れて知里に見えないようにハンカチで目元を隠す。

「失ってないよ」

知里は「案外高田はバカだよね」と鼻で笑った。

「あたしが楠山と友だちになればいいんだよ」

「――は？」

「そうすれば、あたしがいる限り、あんたたちの縁は途切れないでしょ」

だから安心して今は泣いていればいいんじゃないの―？　と茶化すように言って僕の頭をぽんっと軽く叩いた。

知里には、今度ちゃんと本を探してあげよう。

知里は感受性が高いから、優しくて元気になれるようなものがよさそうだ。

そして、睦月にはいろんな人が傷つくような物語を。

みんな、いろんな人生を歩んでいるんだと、そう思ってもらえるようなものがいい。

雲は朝よりも暗く重く広がっていて、今にも雨が降りだしそうだった。

でも、僕には傘がある。

きっと友にも、睦月にも、そういう相手がいるはずだ。

・・・・・・・・・友

朝から厚い雲が覆いかぶさっていた空が、とうとう日が沈むと雨を落としてきた。急いで帰らなければ。そう思うのに足が動かない。いつまでもここにいたら面会時間に間に合わなくなるのに、靴箱の前で俺の足が地面に沈んでいく。

足が重い、と思ったら次は体が重くなった。

この重さの原因は、俺の罪だ。

「友」

足に力を込めてどうにか一歩を、と思った瞬間にふっと背中から重力が消えた。

「……高田」

まさか昨日の今日で話しかけられるとは思わなかった。

緊張で思わず体に力が入るけれど、心のどこかでまたこうして話せることを喜ぶ自分もいる。そんなことを言えば、また高田に怒られて今以上にきらわれてしまうだろう。

「傘、忘れたのか？」

手ぶらの俺を見て高田が自分の傘を差し出した。大丈夫だと首を振ると「濡れるから大丈夫じゃないだろ」と怪訝な顔をされる。

「この前の話の続きをしながら歩かないか？」

ぱんっと傘を広げて俺に隣に入るように促す高田の言葉に甘えた。さっきまで埋まっていたはずの足はすんなりと前に進み、高田の隣を歩く。ぴちゃぴちゃと鳴る地面に耳を傾けながら、澄香と一緒だったら濡れて帰っただろうなと、そんなことを考えた。

「昨日のことを謝る、つもりはないけど……ちょっと感情的だった」

「……でも、本当のことだ」

――『大事なものがなんにもない友にはわからない』

高田に言われた言葉は、今も頭の中でリフレインしている。今までどこかで気づいていた自分のおかしな部分を面と向かって言われることで、怖いけれど自分に目を向けることができているような気もしないでもない。

「いつも持ってた水色の傘、川辺に落ちてたんだっけ」

びくりと体を震わせる。

あの日、澄香と一緒に使っていた水色の俺の傘。事故の後、受け取って家に置いてあるけれど使うことができないまま放置している。

「ああ」

「あの日、睦月と直前まで一緒にいて、なにか思うことがあるんじゃないか？」

高田がどれほど自分のことを見てくれていたのか、実感する。

自分でも気づいていなかった些細な感情を見つけて引っ張り出す。それが怖いのは、俺が卑怯《ひきょう》者だからだろう。

「あのさ、前は言わなかったんだけど」

「え？」

「僕は、睦月はもしかしたら自殺の可能性もあるんじゃないかなって思ってた」

体温がぐっと下がる。

可能性の話だ。そんなことは噂が出た時点であるものだし、俺自身もどうなのかと思っていたのだから、いまさらなにを驚くことがある。

ただ、初めて澄香の自殺の可能性を第三者に言われた。

みんなが口をそろえたように澄香はそんなことをするような性格ではないと言っていたのに、高田だけははじめから、澄香のなにかを知っていた。そんな彼の言葉には、どこか確実性を感じられる。

「絶対ってわけじゃない。僕は図書室の睦月しか知らないから」

わかっている、わかっている。

頭の中で繰り返し叫んでも、雨の音でかき消される。

「友にとって、睦月って多分すごく真面目で優しくて、って、まあみんながイメージするようなそんな感じだと思うんだけど、でも、それだけじゃなかった。友は、本当にそれに気づかなかったのか?」

なにに、と口にする前に高田は「睦月は多分、誰かのためにそうあろうとしてたと、思う」と言った。

「僕は、一緒に過ごしていたのになにもできなかった。友だちだとも思っていなかったし、ただそこにいるだけの他人、としてしか見ることができなかった」

高田の言葉に耳を傾けながら、早く駅に着けばいいのにと思う。

そしたら、話を聞かなくて済むのに。

そんな今まで抱いたことのない感情に内心動揺しながら「うん」とだけ相づちをする。

「僕になにかできたかどうかは、わかんないけどね」

高田がやけにスッキリとした表情をしているからか、俺にはその言葉を受け入れるしかなかった。だからこそ、冗談だけどと笑ってほしくなる。

「ただ、なんで、友はなにも気づけなかったんだろうって」

「……うん」

「目が覚めた睦月はもう、図書室で呼吸をするような日々を送らないでいてほしい。

そんな必要がないほうがいいと思う」

そのために、高田は俺にこうして自分の思ったことも、睦月のことも、隠さずに話してくれているのだろう。

それほどまでに大事に思ってくれているのであれば、どうしてふたりは友だちではなかったのだろうか。

「だから、ちょっとだけ頭を過るんだよ、睦月は自ら川に入ったんじゃないかって。もしかしたら、それには友も、関係しているのかもしれないって」

耳を塞ぎたくなる衝動を堪えるので精一杯で、声を発することができなかった。

「別に友のせいだって思ってるわけじゃないんだけど」

取り繕う感じがないから、高田の言葉に真実味が帯びる。

頭の中で何度も何度もさっきのセリフがこだまして、視界がくらくらと揺れる。

違う。

そうかもしれない。

でも違う。

なにが？

頭の中にいる何人もの自分が口々に叫んで、どれが本音なのか俺にはわからない。

高田はそしてしばらく口をつぐんで、言うか迷っているかのように俺を見て口を開いては閉じるを繰り返す。口数は少ないけれど、的を射たことを簡潔に伝える高田にしてはかなり焦《じ》らす素振りに、次は一体なにを言われるのかと不安が襲う。

いつの間にか拳を固く握りしめていて、手のひらに爪が食い込んでいる。びりびりと痛むことで、辛うじて俺はここに立てているのだろう。

「ただの僕の勘だけど」

やっと話しはじめた高田は、前置きをする。

「友と睦月って、本当に付き合っていたのかなって」

V

ホメラレモセズ　クニモサレズ

―睦月 澄香―

みんなに「いい子だね」って言われなければいけなかった。

「澄香ちゃんはさすが」「しっかりしてるね」「頼りになるよ」

そう言われることで、自分を許したかった。

体を打ちつける雨にも、いつもよりも増水した川にも気づかなかった自分は、やっぱり昔となにも変わっていない。考えの浅い愚かな子どもだった。

空気を求めて口を開けると水が流れ込んできてわたしの喉を塞ぐ。制服が水を含んでずっしりと重くなり川の勢いに押し流されていく。

どうしてわたしはいつもこうなんだろう。

水が襲いかかる。必死でもがくわたしの視界に、水色の傘が見えた。

梅雨の季節はとっくに過ぎていて、それどころか秋の恒例行事である文化祭も終わった時季だというのにここ最近は天気がずっと不安定だ。頭の上にハンカチを乗せて、恨めしそうに空を見上げてから裏庭を小走りで通り過ぎる。目的地まではぬかるんだ地面を歩かなくてはならないため、気分が下がる。

「おーい」

奥まで進み校舎の陰で呼びかけた。

雨だから今日は来ていないかもしれないけれど、もしものことを考えるとなにもしないわけにもいかず昼休みになるとこうしてここにやってきてしまう。雨に濡れないように校舎の壁に背を預けてポケットから保存用のチャック付きのナイロン袋を取り出す。中には一日分のキャットフードが入っている。

すみに置きっぱなしにしていたお皿を、持ってきた除菌シートで綺麗に拭いてから袋の中身を器に出すと、ちょうどいいタイミングで「なーお」と渋い鳴き声とともに黒猫が一匹やってくる。

「よかった来てたんだ。はい、ご飯」

そう言うと黒猫はうれしそうにもうひと鳴きして勢いよくご飯を食べはじめる。それを見てから今度はペットボトルの水を別の器に注いだ。

この黒猫は、おそらく誰かの飼い猫だろう。首輪はしていないけれど決してやせ細っていないし、毛艶もいい。なにより人に慣れているのがわかる。

この猫と出会ったのは去年の秋、今頃の季節のことだった。

ふらふらと校舎を歩き回っているときに出会い、それ以来こうしてほぼ毎日餌をあげている。

本来野良猫にこうして餌をあげるのはよくないのも知っているけれど、出会ってから一年も経つのに一度も発情期を迎えていないので、きっと去勢手術も済ませている。

「いつも澄香には負けるなあ」

背後から人がやってくる気配がして、振り向くと友くんが言った。いつものように空みたいに鮮やかな水色の傘の下で晴れやかな笑顔を見せる。

友くんは隣に腰を下ろして猫に「よく食えよ」と手を伸ばした。すると、猫はバッと身を捩《よじ》り警戒心を顕にする。

「ご飯の最中に手を出したらだめだって」

「澄香だったら気にしないのになあ、なんで俺はだめなんだよー」

ちらちらと友くんを見ながらご飯を食べる猫は、どう見ても友くんに心を許していない。

「いいなあ、澄香は。俺も猫に好かれたいなあー」

人たらしな友くんも、猫のことはたらし込めないらしい。その様子がおかしくてくすくす笑っていると友くんがわたしを見つめているのに気がついた。

綺麗な二重の目元に吸い込まれそうになっていると、ふっと目を細める。

「澄香、また傘持ってこなかっただろ」

大きな手が伸びてきて、わたしの髪の毛を軽くかき上げる。

ぐっと近づいた友くんの顔と、頬に触れそうで触れない友くんの手に、心臓がばくんと大きな音を出して跳ね上がった。

「髪の毛濡れてる。風邪引くよ」

「このくらい、大丈夫」

仕方ないなあ、と苦笑してからわたしの頭をなでる。まるで子どもをあやすみたいな優しすぎる仕草に、頬が赤くなる。

「そ、そういえば、もうすぐ友くんの誕生日だね。ってことは付き合って半年くらい」

「あ、ほんとだな。もうそんなになるんだ。でもまだ半年って感じもあるかも」

「友くんの誕生日当日はバイト休みなんだけど……金曜日なんだよね」

「せっかくだから放課後出かけようか」

わたしが切りだす前に友くんが言ってくれたことにほっと胸をなで下ろす。

「でも、金曜日だよ？　大丈夫？　無理してない？」

「澄香のことだから、誕生日なにかしてくれようと思ってるんだろ？」

そのとおりだけれど、そう言われると気を遣わせてないだろうか、無理をさせているのではないかと不安になる。それを察したのか、友くんは、

「澄香と過ごせるだけで、俺にとっては十分幸せな誕生日だけどね」

と言って、わざとらしくドラマみたいなキザなセリフを口にして、わたしの両頬を軽くつまむ。

「澄香は笑っていればいいんだよ」

痛くない程度にわたしの頬をぐいぐいと持ち上げて、無理やり笑顔にさせる友くんに「もう」と言いながら笑った。

友くんに触れられると、自分がすごくいい子になったような気分になる。でも、もっと彼の特別であると思わせてもらいたくて、わがままを言いそうになる自分がいることに苦しくなる。

「どうかした?」

「ううん、楽しみにしてるね」

「はは、俺のセリフだよ」

「生まれた年の数のバラを用意しておくからね」

「イケメンだなあ、澄香。彼氏になってほしいくらいだな」

やだよ、と冗談を返しながら、笑い合って当日なにをしようかと話し合った。

友くんとわたしは、普段水曜日しかデートをしない。それ以外は駅まで一緒に帰るだけ。休日に遊ぶのも月に一回あるかないかくらいだ。

友くんの家は共働きの両親と小学生の双子の弟がいて、家族のために家事のほとんどを友くんが行っているので放課後は忙しい。水曜日だけは友くんのお母さんが〝ノー残業デー〟とかいう日で定時で帰宅するため、遊ぶ時間ができるということらしい。

　このルールは付き合うことになってすぐにふたりで決めた。というのも、友くんはそれが原因で中学から付き合っていた彼女と別れることになったから。彼に負担をかけないようにするため、予《あらかじ》めルールを作ろうとわたしが提案した。

　もちろん、もっと一緒にいたいと思うこともあるけれど、片想いをしていた時期を考えれば、短い時間でも彼と過ごせるだけで十分幸せだ。

「前にお皿にアートしてくれるカフェに行きたいとか言ってなかった？」

「それはわたしの行きたい店じゃない。友くんの誕生日だよ」

「目の前で澄香が喜んでくれるんだからいいじゃん」

　そんなのいつもだよ、と言いたいけれどあまりに恥ずかしくてなにも言えなかった。顔が赤く染まってしまったのだろう、友くんが「あはは、真っ赤だよ」とうれしそうに歯を見せる。

　……いつも、狡いことばっかり言うんだから。

　この様子を第三者が見れば、きっと仲のいい恋人同士だと思うだろう。同じクラスの佳織ちゃんに言われたこともあるし、中学からの友人の沢ちゃんにもよく言われている。

そんなことないよ、とわたしはいつも答えているけれど、その返事が正しいのかはわからない。友くんだったら、ああいうときなんて返事をするのだろう。

「あ、さっき、廊下で沢倉さんと会ったよ。なんか澄香を探していたみたいだけど」

「沢ちゃんが？　なんだろ。合唱コンクールの伴奏お願いした件かな？」

まだ決まったわけじゃないけれど、昨日の放課後にそんな話をした。一応みんなと話をしてからではあるけれど、沢ちゃんは幼い頃からピアノが弾けると聞いたことがあったので、どうかと前もって確認してみたのだ。

ただ、昨日の返事では高校に入ってから辞めたので自信がない、少し考えさせてというものだった。沢ちゃんがそう言うときは断りたいときだ。

……やりたくないならはっきり言ってくれたらいいのに。そのほうがわたしも他の案を考える時間ができるから面倒が減るし、なにも気づかないフリをして対応しなければいけないのもうんざりする。

けれどそんな本音を隠して「わかった、不安だよね」と優等生らしく返した。

「もうそんな話になってるんだ、澄香のクラス。話し合い、これからだよね」

「来週だったかな？　一応考えておかないと話し合いが長引いてみんなも疲れちゃうから、先にこっそり、ね。ただもちろんみんなの意見を聞くまでは決定じゃないけど」

「根回ししておくなんて、さすが澄香だなあ」

友くんは感心したように声を上げる。

いつも言われるこのセリフが聞きたくて、わたしはこうして必死に優等生を演じている。

わたしからすれば友くんのほうが数倍すごい。わたしにはない〝人に好かれる〟という天性のものを持っていて、自然体でみんなから信頼されていることのほうが、ずっとすごい。

「でも、たまには手を抜いて、人に、っていうか俺に甘えて頼ってくれてもいいんだよ。俺の出番がないのもさびしいし」

いつだってわたしは友くんに頼っている。友くんが彼氏としてそばにいてくれるから頑張れる。

でも――。

「ありがとう、頼りにしてるね、彼氏」

「照れるなあ、よろしくね、彼女」

じゃあ、そろそろ戻ろうか、と友くんがすっくと立ち上がった。そばにいた猫はいつの間にかご飯を綺麗に食べ終えていて、すみっこで横になりながらわたしたちをバカップルだと言いたげに呆れた視線を向けている。

「ほら、帰りは俺の傘があるから」

手にしていた水色の傘を広げて、友くんがわたしの手を掴む。引き上げられるように立ち上がり、彼の隣に並んだ。

目の前にある彼の服をつまむと、そのままもたれかかりたくなる。

「澄香は、本当に強くて優しいよね」

彼がそう言うから。

わたしは自分の体を自分で支えて歩く。


友くんに初めて出会ったのは、各クラスの学級委員長を集められた会議だった。

新入生歓迎会で、わたしたち一年生が上級生にお返しとして披露するものをなににするかの話し合いで、わたしは中学生の頃と同じようにいろんな意見を口にし、みんなをまとめようとしていた。

だらだらと話し合いをするのは苦手だ。それでもなかなか進まない、まとまらない意見を「どれかに決めないで全部やってもいいんじゃないかな」という一言でみんなの気持ちをひとつにした男の子が、友くんだ。

本来ならなにバカなことを言っているのかと思われるところなのに、友くんはその具体案を出す。そうすることで方向性が定まり逆に「これは無理なんじゃないかな」「だったらこうすればいいんじゃないか」とみんなが意見を言うようになりサクサクと決まっていった。

彼はわたしと違って誰の意見も否定しなかった。

大変そうな仕事は「じゃあ俺がするよ」とすべて引き受ける。それによってみんなが案を出し合い彼の負担を軽減しようとする。

「途中までどうなることかと思ったなあ」

話し合いが終わったあと、同じクラスの学級委員長である高田くんが肩を回しながらぼやく。

「あの男の子って、誰？」

「え？」

「ほら、すごくみんなをまとめてたじゃない」

「ああ、友か。楠山友」

楠山、友くん。

どうして彼はあんなに人の心を掴むのがうまいのか不思議でしょうがなかった。まったく気負った雰囲気はない。だから、彼の声に耳を傾けてしまう。それはきっと、彼がみんなの意見を受け入れ、それでいて自分がすべてを背負う覚悟があるような強さがあったからだ。あまりに受け入れるから好き勝手言っていた相手もついつい冷静に考えて話に参加してしまう。それを意識してするのは難しい。

つまり、彼が根本的にそういう人だからなのだろう。

わたしの思い描く理想だった。わたしにないものを、わたしだったらぼろぼろと落としそうなほどたくさんのものをすべて包み込むように手にしていた。

その頃はただ、すごいな、と思うだけだった。

むしろちょっと、妬ましかったくらいだ。

そんな彼がわたしの中で特別な存在になったのは、文化祭前の事件だ。

飲食店の出店のことで三年の先輩たちと揉めたとき、わたしはただ腹が立っていた。みんなのためにもここは絶対譲れないと、それだけで先輩たちに楯突《たてつ》いた。負けるはずがない。こちらに非はない。悪態をつきながら去っていく背中に、勝った、と心の中でガッツポーズだってした。

あのときのわたしは間違いなくヒーローだった。さすが澄香、かっこいい、そう言われるたびに達成感に満たされた。

いつの間にか周りには人が集まっていて、その中から友くんが「すごいなあ」と話しかけてきた。一部始終を見ていたらしく「かっこよかったよ」と言った。

――『あんなふうに意見を言うなんてなかなかできないよ』

――『先輩たちも残念だったよね』

――『どうにかみんな希望の出し物ができたらいいのになあ』

彼はわたしのしたことを褒めてくれた。けれど、わたしと違う考えを持っていた。わたしには思いつかない先輩たちへの歩み寄り。わたしはただ、相手を責めただけ。撃退しただけ。そして今も、先輩たちが悪いのだから仕方ないじゃないかと思っていた。ただ、友くんのセリフでしょんぼりと肩を落としていた先輩たちは、あのあとクラスメイトにも責められるのだろうかと初めて相手の気持ちを想像した。

――先生と実行委員に、話をしようかとは思うんだけど。

あのセリフを言ったのは、友くんに失望されたくなかったからだ。

彼は言葉のとおり、わたしに協力してくれた。彼がいなければきっと無理だったんじゃないかと思うほど、わたしよりも何歩も先回りして行動してくれた。

「ありがとう」

飲食店の数を増やす許可をもらってすぐ、実行委員の会議室を出たところで友くんに言った。正直拍子抜けするほどあっさりと希望が通ったのは間違いなく彼のおかげだ。

「俺はなにもしてないよ。睦月がいなかったら、こんなことしようとも思わなかったんだから」

それこそ、彼がいなければわたしは思いつきもしなかったことだというのに。

人の手柄を横取りしたような居心地の悪さを感じつつ黙っていると、目の前に手が伸びてきて足を止める。細く長い綺麗な彼の指先が唇に近づいてくると、体が魔法にかかったみたいに固まった。

「な、に?」

「髪、食べてる」

彼の手が、かすかに唇に触れた。と、思ったらすっと離れていく。

「へ?」

「髪の毛、食べてたから」

「だ、だからって急に手を伸ばしてこないでよ！　びっくりするじゃん」

「ああ、そっかごめんごめん。俺、人と距離が近すぎるって前に高田にも言われたんだよなあ」

そういう問題か。

「あ、でも、なんか今の睦月、かわいいな。真っ赤だし」

「……っだから！　そういうことを言わないでよ」

「いつもよりも肩の力抜いてる感じ。普段の睦月もかっこいいけど」

そう言われて、自分が一瞬だけれど人からどう見られるかを考えていなかったことに気がついた。彼は満足そうに目を細めている。

「かっこいいっていうのは、女の子に対しての褒め言葉じゃないんじゃない？」

「それでも、俺には褒め言葉だよ。睦月はかっこよくて優しい」

不思議と胸の中にその言葉が染み込んできて、今まで感じたことがないほど心が満たされた。


それが今や恋人同士という関係になっている。

喜ぶべきなのか、恥じるべきなのかはわからないけれど、隣に彼の笑顔があるだけで、わたしは少しマシな人間になれているのではないかと思う。

「お疲れー」

「お疲れ様です」

バイトが終わり着替えていると、今からバイトに入る大学生の舘野《たての》さんが更衣室に入ってくる。家の近くのファミリーレストランの接客を始めたわたしに、一から仕事を教えてくれた人だ。ダークグレーの髪の毛を手早くひとつに括《くく》りながら急いで準備を始めた。

「ちょっと遅刻しちゃったー」

美大生の舘野さんは、話を聞く限りあまり大学に通っている感じがない。いい人ではあるのだけれど、なんだか見ていて不安になる。バイトの遅刻はまだいいとして大

学では単位とか大丈夫なんだろうか。

「金森《かなもり》さんも一緒に遅刻ですか？」

「あはは、ばれてるー。そうそう、ちょっと盛り上がってさあ」

ふたりはこのバイト先で出会った恋人同士だ。金森さんも大学生で、イケメン風の男の人。わたしはあまり好きではないのだけれど。彼は馴れ馴れしくて、話すとついつい本音が出てきつく言ってしまいそうになる。正直、舘野さんに彼のどこがよくて付き合っているのだろうと訊きたいくらいだ。

「大学生ってなんかいいですよね」

盛り上がった、になにを返せばいいのかわからず楽しそうなふたりに思うことを口にすると「あはははなにそれ」と笑われてしまった。わたしもなにそれ、とは思う。こういう他愛のない会話って難しい。

「じゃあお先に失礼します」

と、頭を下げて事務所を出る。

バイト先から家まではバスで十分で、玄関を開けたときにはすでに両親も兄もリビングで寛いでいた。みんなが口々にわたしに「おかえり」と言う。

「すぐご飯用意するわね」

「うん、ありがとう」

「高校生なのによく働くなあ、澄香は」

　テレビを見ていた兄がソファから振り返る。

　大学四回生の兄はすでに就職が決まり、春先からずっと家でのんびり過ごしている。家の中は暑いのか、半袖のＴシャツを着ていた。袖から伸びる腕には、大きなやけどの痕《あと》がある。まばらで皮膚が引きつっているのを見ていると痛々しい。兄はちっとも気にしていないらしいけれど、それなりに目立つ痕だ。そして、それは右足にも残っている。

　――わたしのせいで、残った傷痕。

　責められているような気がしてやけど痕から目をそらしダイニングテーブルについた。あれを見ると否でも、感情的で考えなしの浅はかな自分を思い知らされて目を塞ぎたくなる。

「最近バイト入りすぎじゃないの？」

「あ、うん。もうだいぶ減らしてるんだけど先月まで多かったかな」

「なんだよ彼氏にプレゼントでもすんのか？」

「……そんなんじゃないよ」

　兄がふははと笑いながら横槍《よこやり》を入れてくる。否定したものの「ばればれ」とわたしの顔を指さしニヤニヤする。「あらどうしたの？　記念日？　それとも相手の誕生日？」と母が楽しそうに混ざってきて「もういいから」と必死に話を終わらせた。ちなみに父はテレビから視線を外さず会話に入ってこなかったけれど、無理をしているのはすぐにわかった。わたしに隠し事ができないのは父に似たのだろう。

「でもまあ、澄香がちゃんと働けてるならいいけど」

二年になって始めたバイトを、母は当初反対していた。接客業だから余計に。わたしがなにか問題を起こしたり大きなミスをしたりするのを心配している。

わたしも接客に不安があったし、実際働いてみたら予想を遥かに上回るややこしい客というのも存在して驚いた。何度も言いくるめたくなったし文句があるなら出てってとも言いたくなったけれど、ただ「申し訳ありません」と頭を下げることもできるようになった。

「今日バイト先でサブリーダー任されたんだよね」

「へえ、すごいじゃない」

母から褒められるとほっとする。館野さんたち先輩に教えてもらったことをその日の夜にノートにまとめて、つねに持ち歩き失敗をしないようにしていたことがこうして認められるのは素直にうれしい。

接客業は、忍耐強さを多少なりとも鍛《きた》えてくれた。

「昔は本当に……この子はどうなるのかと思ったけどねえ」

わたしの少し浮かれた気分は、母の苦笑で一気に地に下ちた。

「思ったことをすぐ口に出すし、行動に移すし。友だちを何度も泣かせるしお兄ちゃんに怪我《けが》もさせちゃうし」

「母さんまだその話すんのかよー飽きた飽きた」

母がしみじみと言うのを兄が口を挟んで止める。

これはいつもの会話だ。別に母は今もわたしを責めているわけじゃない。幼い頃の事件というのは根深く記憶に残る。それだけの話だ。

幼い頃のわたしは問題児に近かったかもしれない。いつだって両親や先生を困らせていたし、当時のわたしはどうして大人たちにそんな顔をされるのか理解できていなかった。

小学生の頃にわがままばかり言って友だちを困らせる女子がクラスにいた。「あれをしたくない」「これをしたい」「一緒にしないならもう友だちをやめる」と、わがままばかり叫んでいたことを怒ったことがある。

――『そんなこと友だちに言うなんて、もう友だちじゃないよね』

――『もう友だちやめてるってことじゃん』

間違っていると思ったからそれを指摘しただけだ。ただ、その言葉がストレートすぎたらしい。

女の子は泣いた。わたしが責められた。手を出したわけでもないし、いじめをしたわけでもない。けれどなんとなく彼女に悪いことをしたことだけはわかった。

結局その程度の認識だったので、何度も同じようなことを繰り返した。

友だちとケンカをして泣かせた。体育でやる気のない男子と殴り合いもした。掃除をサボろうとするクラスメイトを許さなかった。宿題を忘れた友だちに、自業自得だと言ってノートを貸すようなことは一度もしなかった。冗談でからかっただけなのに、本気にされ口を利いてもらえなくなった。

成長するにしたがって、何度となく友だちに泣かれたりきらわれたりする原因がなんなのかはわかった。

わたしは間違っていると思うと指摘せずにいられない。そして言い方がきつい。人がどう感じるのかがうまく想像できなくて、結果、最悪の言葉を選んでしまう。

自覚してからはどうにかしたいと思った。どうすれば誰も傷つけない人になれるのか。優しくできるのか。幼いなりに、ずっと考えていた。

あの日、家にはわたしと兄しかいなかった。

わたしは小学四年生で、兄は中学三年生で、次の日、兄は中学最後のサッカーの試合を控えていた。と言っても県大会で敗退したあとだったので、隣の中学校との練習試合兼引退試合だ。

兄を応援していたから、美味しいものを兄のために作ろうと思っただけ。ちょうどその頃、道徳の時間に先生から〝雨ニモマケズ〟の詩を教えられたのもあった。

――『東に病気の子どもあれば、行って看病してやり、西に疲れた母あれば行ってその稲の束を負い……』

――『この詩は、人のために生きる素晴らしさを語っていると先生は思う』

人のため。自分に足りなかったのはその気持ちだった。そう思ったから、わたしは兄のためになにかをしてあげたかった。

「澄香、危ないからやめろって」

兄が何度も止めたのに、わたしは「もういいから放っておいて！」「大丈夫だってば！」と兄を邪険《じゃけん》にした。キッチンの周りをうろうろする兄に文句を言いながらガスの元栓をひねりコンロに水のたっぷり入った鍋を置いて火をつけた。

作ろうとしたものは、兄の大好きな茹でとうもろこしだ。ただ湯がけばいいだけ。そのくらいならわたしにもできる。兄は喜んでくれるはずだし、母もきっとすごいと言ってくれるはずだと考えた。

冷蔵庫からとうもろこしを取り出し、母がしていたように皮を剝いてひげも取る。鍋のお湯がぶくぶくと沸騰して、湯が飛び跳ねた。

「危ないって！　もういいから！」

「もう！　お兄ちゃんうるさい！」

お兄ちゃんのほうを向きながら鍋にとうもろこしを入れた。元々鍋が小さかったこと、わたしが投げ入れた衝撃で鍋がぐらりと揺れて傾く。

気がついたときには、兄がわたしをかばって熱湯を浴びていた。

わたしにはなにもできなかった。水で冷やすべきだとかそういうことに頭が回らなかった。兄が痛みで悶《もだ》えながらひとりで風呂場に向かい、シャワーを浴びようとするのを、泣きながら見つめていた。

「なにしてるの！」

母が買い物から帰ってきたのはどのくらい経ってからだろうか。

兄は母の車で病院に向かった。当然、次の日の試合には出られなかった。

「どうしてあんたはいつも周りを困らせるの！　お兄ちゃんにあんな怪我させて……なんでそんなことも想像できないの！」

母に怒られているあいだ、わたしはただ泣き続けた。

「なんでそんなにお母さんを困らせるの！　澄香はいつもそう！　自分勝手なのよ！

お兄ちゃんになにかしたくても、できないことくらいわかるでしょう！」

そう言いながら、あのときもそう、前もそうだった、とわたしの失敗を挙げ連ねていく。

「感情的で、考えなしで、本当にもう、なんでなの。なんで冷静に物事を考えることができないの」

わたしは感情的で、考えなし。

泣きながら母の言葉を頭の中で繰り返す。

「どうしていい子でいられないの」

わたしは、悪い子。

そんなわたしを兄がかばってくれた。

おれがもっと止めていたらよかっただけ。澄香に甘えたんだ、だから澄香だけを責めないで。

試合だってただの練習試合だから気にしなくていい。最近練習サボってたからラッキーだった。大したことじゃない。治るから気にしなくていい。

そう言って兄はわたしに「ごめんな」と言った。

兄は優しかった。兄に比べたらわたしは、最低最悪の、悪い子だった。

リビングでごめんなさい、ごめんなさい、とずっと泣き続けるわたしの手を父が握りしめてくれた。

「なんであんなことをしたんだ？　危ないことはわかってただろう？」

ひっくひっくとひゃっくりをしながら「お兄ちゃんの好きなものを、作ってあげたかった」と伝えた。母は呆れたようにため息を吐いて「もう」とわたしの頭を乱暴に、けれど優しくなでた。

「雨ニモマケズみたいに、人のために生きようって思って。誰かを喜ばせたいって」

誰かを傷つけるのではなく誰かを喜ばせたかった。

両親に涙を流しながら正直に言い、そして謝った。兄が許してくれるのか不安で不安で仕方がなかったことも覚えている。兄にまで嫌われたら、わたしはもうだめだと思った。

それを心配して泣くわたしを、母が「もう泣かなくていいから」「お兄ちゃんも今日大丈夫だって言ったでしょ」「でも、悪いことをしたのはわかってるわよね」と優しく諭してくれた。

そのあいだ席を外していた父は、一枚の紙を手にして戻ってきた。

「澄香、人は急には変われないんだよ」

手渡されたそれには、雨ニモマケズの全文が父の字で記されていた。

「澄香の気持ちはわかった。だからこそ、この詩の意味だけを理解するのではなく、この詩一つひとつから、ちゃんと学びなさい」

なにが人のためになるのか、自分になにができるのかを、ちゃんと考えなさい。

それから、わたしは毎日、その詩を持ち歩いている。

兄には「なにバカなことしてんの」と苦笑された。けれど、頑張れ、と言ってくれた。

ご飯を食べ終わり自室に戻ると制服のスカートから一枚の紙を取り出した。つねに持ち歩いているのですでにボロボロで、そろそろまた書き直さなくちゃな、と思いながら机に広げる。

「雨にも負けず、風にも負けず……」

口にするたびに、今の自分に足りないものがわかる気がした。

歳を重ねるにつれて、読めば読むほど、自分にはまだまだほど遠いことを実感する。

けれど、少しでも近づくことができればいい。少なくとも、今のわたしは昔よりも自分の振る舞いに安心できている。きっと、変わっているはず。

だからこそ、友くんとも出会い、付き合うことができたのだ。

友くんの誕生日が近づくにつれ、天気が崩れはじめた。

天気予報で見る限りそれは週末まで続くとのことだ。金曜日は確実に雨に違いない。そう思うとため息が漏れる。せっかくのデートなのに。

「なんか今日は暗いんじゃないか？」

「え？　あ、高田くんおはよう」

靴箱で傘を閉じると、背後から高田くんが声をかけてきた。挨拶をかわして、それ以上会話をすることなく「じゃあな」とわたしを通り越していく。

相変わらず彼はクールというか淡白というか。いまいちなにを考えているのかわからない。そうでなくてもわたしは人がどう思うか、どう感じるかを想像することが苦手なのに。

ただ、高田くんはわからなさすぎて、ラクでもある。だからこそ友くんと付き合っているにも拘わらず、わたしは図書室に行っていたのだろう。ひとりになりたい気分でも、彼がいるのはまったく気にならなかった。

……それも、先週までのことだけれど。

「おっはよー！」

明るい声に思わずびくりと体を震わせて、固まった。

聞こえてきたのは知里の声だ。顔は動かさず目だけを向けると、小森くんと、たしか優木くんとかいう男の子に知里がタックルをしている。ばっかじゃねえの、ふざけんなよ、うぜえ、と三人が言い合っているのを聞きながら、どうしてわたしは知里とあんな関係になれなかったのだろうと不思議に思った。

もちろん、原因はわたしだ。

「澄香おはよう」「睦月さん」「睦月」「澄香ちゃん」

校舎に足を踏み入れれば、わたしに声をかけてくれる友だちは多い。わたしのことを信頼できる優等生だと信じて疑わないみんなに応えるよう、わたしは笑顔を見せる。

今のわたしは、みんなに信頼されている優等生。中学生の頃からそうやって振る舞ってきて、この学校では完全にそういうポジションに収まった、と確信している。クラスのどんな問題も任されて解決し、先生たちにだって睦月がいれば大丈夫だと言ってもらえる。現にわたしのいるクラスでは大きな事件も揉め事もない。もちろん、昔のように友だちを泣かせてしまうこともない。

感情を押し殺して笑顔でいる。それで大体のことはうまくいく。友人も多くいるし、誰もわたしのことを〝悪い子〟だとは思っていない。

でも、本当にわたしに友だちはいるのだろうかと、そんなさびしさに襲われるときもある。

「澄香ー！」

「わ、びっくりした、沢ちゃん、おはよう」

背後からぎゅっと抱きつかれて、沢ちゃんに挨拶をする。

クラスでよく一緒にいる沢ちゃんは、現時点でわたしと一番仲がいい。でも、きっと沢ちゃんもわたしがすべての仮面と皮を脱ぎ捨てたら、離れていくに違いない。

……知里のように。

小学校までの自分はたしかにオブラートに包むということを知らない竹を割ったような性格だったし、今も根っこは変わっていない。なのに、今のほうが友だちと言えるような関係が築けていないのではないかと思う。

変わろうと思えば思うほど、距離の詰め方がわからない。

冗談の塩梅《あんばい》がわからない。

白黒はっきりつけたがる性格がこの不器用さの原因なのかもしれない。みんなの前でいい子であろうとすればするほど、素に戻ることが不安でしかない。

わたしは幼いときとまったく変わっておらず、また誰かを傷つけ泣かせてしまうかもしれない。結局本当の自分はなにも成長していないのかと思い知るのも、怖い。だから隠す。そうすると、自分が今までどうやって友だちと話をしていたのかまったく思い出せなくて、人とちゃんと対話できているのかわからなくなる。

――『睦月は口下手と言うかコミュ障《しょう》なんだろうな』

図書室で高田くんが苦笑しながら言ったのを思い出す。あれはまだ一年生で、ちょうど知里との関係に違和感を抱きだした頃だった。

わたしを優等生という色眼鏡で見ずに言いたいことを言う知里と仲よくなりたいと思った。正直彼女は悪い意味で目立つ存在だったので、優等生でいたいなら適度な距離でいたほうがいい相手だ。でも、わたしは知里が好きだと思った。

見かけるたびに声をかけ、砕《くだ》けた言い方をして素の自分を少しだけ見せた。彼女となら本音で付き合えるようになるかもしれないと思った。その甲斐あってかしばらくするとわたしたちは仲よくなった。

わたしは知里と、仲よくなりたかった。

本当にそれだけだった。

でも、その方法があまりに下手すぎてわたしは知里を傷つけた。冗談のつもりで言った言葉は知里を不快にさせ、よかれと思って伝えたことは大きなお世話だった。謝ることすらうまくできなかった。

みんな、どうやって人との距離を測っているのだろう。

相手がどう感じるかなんて、わたしはわたしでしかないのだからわからない。みんなどうしてそんなに相手を気遣えるのだろう。エスパーとか魔法使いなんじゃないの。

「せめて……この感情的な性格をどうにかしたらいいんだけどな」

誰にも聞こえないくらいの音量でぽつんと呟く。

わたしのこの負けずぎらいで意固地な性格がすべての元凶《げんきょう》だ。すぐカッとなり、周りが見えなくなり熱中してしまう悪い癖は、昔に比べたらマシになったもののなかなか治らない。一度落ち着いて冷静に考えれば、多少は客観的に物事を考えられることもあるのに。

「伴奏の件、ごめんね」

沢ちゃんが考え込んでいるわたしに気を遣うように言った。

「ううん、大丈夫。わたしのほうが無理言ってごめんね」

「もー、澄香ごめんねありがとー！　大好き！」

沢ちゃんがぎゅっとわたしを抱きしめる。「ありがと」と返事をしながら、憂鬱な気持ちに襲われてしまう。

彼女が好きなのは、偽物のわたし。

わたしは、自分のことが誰よりもきらいだ。

だから、必死に取り繕っている。

ずっと視界の先に知里が映り込む。さっきの男子ふたりと、他の女子もいつの間にか一緒にいて、知里とふざけ合うことのできる関係に羨ましさを感じた。

「どうかした？」

「ううん、なんでもないよ」

隣の沢ちゃんが不思議そうな顔をして、わたしの視線の先を探す。ちょうどそのとき、知里たちのグループが大きな笑い声を上げた。

「あの人たち？　クラス違うからよく知らないけど、目立つよねぇ」

「ああ、まあ、そうだね」

ここはなんて返すのが正解なのだろうと、頭をフル回転させる。否定をしないほうがいいけれど、かといって完全に同調するわけにもいかない。そんな焦りに沢ちゃんはまったく気づかず「これは私の勘なんだけどさ」と耳打ちしてきた。

「あの澄香と一時期よく話してた知里って子は、高田くんのことが好きなんじゃないかと思うんだよね」

雷《かみなり》に打たれたような衝撃に「へ」と間抜けな声を漏らす。

知里が、高田くんを……？

そんなこと考えたこと一度もなかった。

「本当に澄香はそういうの疎いよね。私のこういう勘は外れないんだから」

ふふふ、と笑う沢ちゃんを見ながら、たしかにそうかも、と思う。

佳織ちゃんにやたらとちょっかいを出す小森くんは好きな子をいじめているだけだと言ったのも沢ちゃんだった。それを聞いてつい、今まで我慢していた思いが爆発し、小森くんに悪態をついてしまったのだけれど、あのとき顔を真っ赤にした彼を見て沢ちゃんは正しかったのだとわかった。

それでも小森くんは未だに佳織ちゃんに絡むのだから、ガキすぎると思う。佳織ちゃんも笑ってないでびしっと言ってやればいいのに。佳織ちゃんらしくて、見ているとやきもきするものの、そういうしなやかさには憧れも抱く。

佳織ちゃんは怒らない。どんな相手も笑顔で受け流すことができる。まるで風に身を委ねつつも絶対に折れることのない葉っぱのように。わたしには真似できない強さが、彼女にはあった。

「そっかあ……」

知里は高田くんのことが好きだったのか。

そう考えると、今までの自分がしてきたことが間違いだらけだったことに気づいた。

高田くんの邪魔をするな、と言ってしまったときに知里があれほど怒ったのは、ただ邪魔だという言葉のチョイスを間違ったことだけではなかったのだろう。おまけにわたしは今までしょっちゅう高田くんと放課後を一緒に過ごした。もちろん知里が不安に思うようなことは一切ない。むしろはじめは彼がいなかったらよかったのに思ったくらいだし、今も一緒にいる時間の半分以上は言葉をかわさない。

それでも、高田くんを好きなら、いい気分ではないだろう。

わたしだって、友くんにそういう相手がいたら気にしてしまう。

いまさらこんなことを知るなんて……わたしは本当に考えが浅い人間だ。

「睦月？　今日は表情が暗いね」

いつものように裏庭の奥でお昼休みを過ごしていると、隣に座っている友くんが顔を覗き込んできた。わたしのそばでは黒猫が雨に濡れた体を洗うかのように毛繕いに精を出している。

「どうかした？」

彼はいつもわたしの気分の変化を誰よりも早く察知してくれる。いや、わたしだけではなく、誰のこともよく見ている。ただ、友くんの場合沢ちゃんと違って勘というものはなく、小さな違いを見逃さないだけ。勘でなにかを決めることはなく相手の言葉に耳を傾けようとしてくれる。

だからこそ彼に対してそこまで気負わずに過ごせるのかも、と思う。

同じくらいの気持ちで、彼にはわたしのだめな部分を知られたくないと思う。

「なんでもないよ、って言っても無理だよね」

ごまかそうと思ったものの、友くんの表情を見てすぐに言葉をつけ足した。苦笑してみせると友くんは笑って「言いたくないなら聞かないけどね」と言う。そして両手を広げる。

「彼氏の胸を使う?」

　誇らしげな友くんに「なにそれ」と噴き出し「仕方ないなあ」と言って彼の腕の中に体重を預けた。背中に手を回されると、彼の優しさに包まれているみたいに不思議で、温かい。けれど心拍《しんぱく》数が跳ね上がるのもわかった。

「俺が気づいているっていうのだけ忘れないでいてくれたらいいよ。もしも困ったときは俺に言ってくれたらいい、そういう相手がいるってことは、覚えてて」

　わたしの両肩に手をのせて、覗き込んでくる友くんに無言で頷いた。

　いつだって、誰にだって友くんは優しい。あまりにも優しいから、気を抜くとべったりと甘えてしまいそうになる。すべてを委ねたらどんな感じなのかと想像する。

　そのたびに――ぞっとする。

「……ちょっと反省していることがあるの」

　なにも言わないのも友くんを傷つけてしまいそうなので口を開いた。詳細は言えないし言いたくない。友くんはそれを深く追求してこないこともわかっている。

「どうしたら、その子に許してもらえるのかな、って」

「謝ればいいんだよ」

　友くんは間髪を容れずに言った。

「でも、謝ってもいまさら……」

「謝らないことには始まらないだろ。まあ、それで許してくれるかどうかはわからないけど……でも、このまま悩んでるだけではなにも変わらない。変えたいならなにかしなくちゃ」

たしかにそのとおりだけれど、だからってじゃあ謝ろう！　と決心はつかない。以前にも、知里に謝ったとき、余計に怒らせてしまったことを思い出す。またあんなふうになったらと思うと、どうしても勇気が出ない。

うん、と返事をしつつもわたしがまだ揺れ動いていることに友くんは気づく。

「大丈夫だよ」

そう言ってわたしの顔を両手で包んで覗き込んだ。

不安そうな顔をしていたわたしを勇気づけるようににっこりと双眸を細めて「大丈夫」ともう一度繰り返してわたしの頭をなでる。優しい手つきに、じわじわとわたしの心が溶かされていくのがわかる。

「澄香が気持ちを込めて謝れば、きっと伝わる」

「……そうだと、いいんだけど」

「伝わるのと許されるのはイコールじゃないけど、伝わったらいつか、時間がかかるかもしれないけどなにかが変わるから」

謝るのなら許されたい、なんて思うのはきっとわがままなのだろう。

こういうところがわたしと友くんの違いだ。

「謝られたくない人も、いるかもしれない」

「澄香は本当に優しいな。相手のことを考えるなんていい子だなあ」

「わたしのこと、弟くんたちと同じように思ってるでしょ」

「あはは、そんなことないよ」

いい子だなんて、そんなことを言うのは友くんくらいだ。

でも、友くんの瞳はそれを信じて疑わない強さがあった。友くんと話していると本当に自分がそんな人間なのかもしれないと思えてくる。そして、友くんのようになりたいと思う。

だから、わたしは友くんを好きになってしまったのだろう。

「大丈夫だよ、これ以上わたしを甘やかしちゃだめだって」

「甘えてくれるなら甘えてほしいくらいだよ。俺はずっと澄香に甘えっぱなしなんだから。なにより、澄香がいなかったら、こんなふうに楽しく過ごせなかったよ。澄香は俺の恩人だから、いつだって助けたいんだよ」

あれはただ、狡かっただけだ。

なのに友くんのフィルターを通ると、助けたことになるらしい。そのことに後ろめたさを感じながら目をそらす。

この場所で、友くんと付き合うことになった日を思い返しつつ「ありがとう」と口にした。

裏庭の奥で黒猫と出会ったときのわたしは、第二の逃げ場所を探していた。

放課後は、たまたまこの学校の図書室が物置になっていて誰も使用していないと聞いてから第一の逃げ場所になった。

問題はお昼休みだ。

沢ちゃんたちとご飯を食べていると、ときどき、ついストレートに反論してしまいたくなる瞬間がある。おそらく何度かはすでに失敗していてたまに友だちが反応に困った表情をするので、裏庭を見つけてからはここでガス抜きをするようになった。

そこで黒猫に出会い、それから週に何度か餌をあげに足を運んだ。不思議なことに放課後にはまったく姿を見かけなかったので、昼だけだ。本当は毎日にしたいけれど、沢ちゃんたちが不審がるので、適度にしておかなければならない。黒猫のことを話したらこの場所は秘密ではなくなってしまう。

その日も、こっそり猫のいる裏庭の奥に行った。小雨が降っていて、いつもなら誰にも見つからないように気をつけるのに少し慌てていた。

黒猫はまだわたしへの警戒心を解いておらず、屋根のある壁際まで来てくれなかった。植え込みの近くにお皿を置いて、雨に打たれながらしゃがんで猫をおびき寄せていると突然雨が止む。

「こんな場所があったんだ」

かわりに頭上から降ってきた声に弾かれたように顔を上げると、わたしを見下ろしている友くんがいた。水色の傘をわたしと黒猫を守るように傾けて、そのかわりに自分が雨を受けていた。

当時はまだお互い学級委員長同士の認識で、お互いに名字で呼び合っていた。わたしの中ではすでに文化祭の件があったので〝特別な人間〟という存在だったけれど。

「どうしてここに？」

「渡り廊下の自販機でジュースを買ってたら、雨の中走ってる睦月を見かけたから、つい」

「傘、いいよ。楠山くんが濡れてるし」

わたしはいつものことだから大丈夫、と伝えても友くんは決してそれを受け入れてくれなかった。わたしのせいで風邪を引いたりしたら困るのに。

そんな気持ちが伝わったのか、

「あ、じゃあ」

とわたしの隣に並んで、すとんと腰を下ろす。

「ふたりでこうして入ったらいいよね」

「……そ、う、だけど」

にっこりと間近で微笑まれて、思わずどもってしまった。相合い傘ってこんなに相手と距離が近いことを初めて知る。肩も触れ合っているし、この状況、端から見たらどう考えてもいい感じにしか見えないと思う。

変な緊張に、体が固まってしまった。

触れ合うところから心臓の音が伝わっていませんようにと祈りながら、黒猫をじっと見つめる。瞬《まばた》きもせずに見てしまったからか、黒猫が訝しげな視線を向けてきた。

「ね、猫に餌なんて……って、思ってるでしょ」

どうにかこの緊張を解かなくては。じっと黙っていたらパニックになって自分がなにをするのかわからない。

「なにそれ」

友くんはきょとんとした顔でわたしを見る。この至近距離で視線を合わせようとしないでほしい。

「ほら、その、あんまり、いいことじゃないし」

「ああ、そっか。でも睦月がそれをわかっててやってるってことは、なにも考えずにただかわいそうだからって手を差し伸べてるわけじゃないってことだろ」

今まで、そんなことを言ってもらったことは一度もなかった。

いつもわたしは向こう見ずで猪突猛進型《ちょとつもうしん》で、揉め事ばかりを起こすのだと。

思わず涙ぐんでしまい、慌てて目をそらし涙を飲み込む。

「ありが――」

「あ、でもここって秘密の場所だよね？」

お礼を言おうとすると、それを遮《さえぎ》るように友くんが声を上げる。やけに明るい声色に、いやな予感を抱いた。

「黙っておくから、俺もたまにここに来てもいい？」

にっと白い歯を見せる友くんは、秘密基地を見つけた少年のように目を輝かせていた。

彼を相手に拒否するなんてできるはずもなく、もちろん、と笑顔を貼りつけて答えたけれど、内心は不安でもあった。彼がここを誰かに教えるかもしれない、と思ったわけではないし、彼のことをきらいなわけでもない。むしろ尊敬に値する。

だからこそだ。彼と自分を比較して惨めに感じてしまうのが目に見えている。もし、親しくなれたとしても、その分わたしはきっと彼の前でボロを出すだろう。

それが、怖い。

けれど、彼はわたしのそんな気持ちさえ一日で反転させた。

「睦月さんは優しいね」「強いね」「堂々としてる」「ここで隠しているのも猫のため」

「優しさをひけらかさないんだね」

こっ恥ずかしくなるほどの褒め言葉ばかりに、ついつい赤面してしまう。それがまた彼には「素直」に見えたらしい。照れたわたしを見るたびに楽しそうに頬を緩ませる。

「……もう、からかわないでってば！」

「ごめんごめん、つい、かわいくて」

「そういうのだってばー！」

普段なら絶対にその言葉を受け入れることはできないのに、彼の目からは嘘っぽさが感じられなかった。本心で言われているからこそ、羞恥に襲われ、かすかに歓喜する。もしかしたら本当にそうなのかもしれないと思わせてくれる。

それからわたしたちは週に一度は猫のいる場所で顔を合わすようになった。

「睦月」

いつしか、彼がそう言って現れるのを楽しみにしている自分がいた。沢ちゃんに怪訝な顔をされても、昼休みに毎日裏庭にやってきたのは、彼に会うためだったと思う。

彼と話す間はずっと幻滅されないように必死に自分を取り繕っていた。

でも、それを苦痛だとは思わなかった。友くんと誰にも内緒でふたりきりで話ができる時間がうれしかった。そう思うと、秋の肌寒さはもちろんのこと、冬の雪も、凍《こご》えるような風も、吹き荒れる雨もなにも苦じゃなかった。

——彼女がいると、知るまでは。


「俺、彼女にいっつも怒られてるんだよなあ」

はあーっと携帯片手に言われたとき、目の前が真っ暗になった。

と、同時に、わたしは彼のことが好きなんだということも知った。失恋のショックと、初恋の発覚はほぼ同時だったということだ。

「そうなんだ」

と、やっとのことで返事をした。喉が締めつけられてひりひりする。喉と涙腺《るいせん》って直結しているんじゃないかと思うほど、一気に涙が溢れそうになって息を止める。

「俺、双子の弟がいるんだけど、両親も共働きだし家のことやってるんだよね」

友くんに似た弟がふたりもいるなんて、どんな子だろうかと必死に想像して涙を飲み込む。

「だから、あんまり会えなくってさ。それで、不安にさせちゃったみたいで」

困ったように笑う友くんを見たくなくて目をそらしながら「さびしいのかもね」とそれっぽいことを言った。

「やっぱりそうなのか」

「……楠山くんは、その、彼女と会えなくてさびしかったりしないの？」

彼女、なんて言葉を口にするのもいやだった。

今、自分は嫉妬しているんだ。友くんと付き合っているという顔も知らない彼女の存在が、羨ましくて仕方がない。友くんにこんな顔をさせるくらいなら、わたしだったら会えないことくらい、いくらでも我慢するのに。

「どう、なんだろう。よくわかんないな」

でも、好きだから付き合っているんでしょう？

そう言いそうになったけれど、口にするのが悔しくてなにも言わなかった。

メールをするときの、愛おしそうな顔。話題に出したときに照れた顔、デートに行く日の少し浮かれた顔。そして、ケンカをしたときのさびしそうな顔。困った顔。

ああ、この人は誰にでも優しいけれど、やっぱり彼女にだけは違うのだ。

彼の特別になるのはどんな気持ちだろう。どれだけ満たされるだろう。

でも、彼女とのことを相談してくれるのも、わたしにだけだ。

そう思って彼の隣に居続けた。もちろん、もしかしたらいつかわたしを、と思う気持ちからくるものだったけれど。

「付き合うって難しいなあ」

「みんな、試行錯誤《しこうさくご》してるんだよきっと。なんでもこなす楠山くんも難しいんだから、みんなはもっと難しいし、わたしなんか想像もできないよ」

邪《よこしま》な狡い気持ちを必死に隠しながら、彼のための言葉を吐き続けた。

「でも、優先順位とか、みんなわかってるんじゃないの？」

「楠山くんは大切なものがたくさんあるだけ」

なんでもいいから、彼にとっての特別になりたかった。

「彼女と、別れることになったんだ」

急展開に「え？」と素っ頓狂な声を上げてしまった。

あれは、二年生になってすぐの頃だ。出会ったときは長袖だったけれど、いつの間にかブレザーを脱いでいて、春の心地いい風が秘密の場所に吹き込んできた。すっかりわたしに懐いてくれた黒猫は、友くんの話なんか興味なさそうに大きな欠伸をする。

「……別の彼氏ができたんだってさ」

「なに、それひどい！」

「うん、でも、そうなるかもなってちょっと思ってたんだよ」

がっくりと肩を落としている友くんを見ていると、そんなに彼女のことが好きだったんだと実感して、悔しさが倍増する。

「付き合うって、わかんないや。俺は、いっつもだめなんだ。俺のことを好きになってくれるのに、断っても付き合っても、相手を傷つけるだけ。もう、自信がないっていうか、なんか、情けない」

「そんなことないよ！」

幸せだったはずだ。彼の傷つける、ということが具体的になんなのかわたしにはわからなかったけれど、たとえ傷つけられたって、幸せな時間がすべてなくなるわけではない。

それは、すでに彼に失恋しているわたしが、自信を持って言える。

だから。だったら。

「わたしと、付き合おう」

肩を落として彼をなんとか笑顔にしたかったという気持ちに嘘はない。けれど、そんな純粋な気持ちだけだったわけもない。

彼に彼女がいなくなれば、告白する女子が絶対出てくる。なんとか仲よくなろうとあからさまなアピールをはじめるはず。そして、彼はそんな相手にもきっと誠意を持って接する。

今しかなかった。

彼が誰彼構わず付き合うような人でなくても、のんびりしていたらとても相性のいい子が現れ付き合うことになるかもしれない。わたしなんかより彼女にしたいと思える女の子は五万といる。

わたしは、速さで競うしかなかった。

とはいえ、そこまでのことを考えてあんな発言をしたのかはよくわからない。気がついたら口をついて出た提案だった。

「え？　俺と、睦月が？」

目を丸くする友くんに、はっとして慌てて「あ、その、えっと」と必死に言葉を続けた。

「あ、ほ、ほら！　自信がないって言うから！　その、今のままだったらこの先誰かを好きになったときに、付き合うことに躊躇《ちゅうちょ》するかもしれないじゃない」

「いや、でも」

そりゃ戸惑うよね、びっくりするよね、おかしいよね。

でも、いまさら引き下がれない。

「それに、今彼女がいなくなったら、きっと楠山くんに告白する子もいると思う。断わるのも、怖いんだったら、わたしと付き合ってることにしたらいいんじゃないかな」

まだ、彼はなにも言わない。

「それに、わたし誰とも付き合ったことなくて……どうやって付き合うとかわかんないんだよね。だからさ、その、一緒にそういうのを勉強したらいいんじゃないかな」

彼はしばらく黙っていたけれど、わたしの顔をじっと見て「そういうのもいいかもね」と答えてくれたのだ。

その瞬間、ほっとして口元が緩んだ気がする。

わたしは、狡い。

それでも彼と一緒にいたかった。

「いいの？　睦月にちゃんとした彼氏ができなくなるかもしれないよ」

「そんなの、元々できないから大丈夫。楠山くんこそ」

「俺は、そんなにすぐに切り替えられないから」

ちくんと胸が痛む。

「でも、睦月と一緒にいるのは好きだから、甘えようかな」

そう言ってから「ありがとう」と言った。

わたしは、友くんからお礼を言われるような立場ではないのに。

「とりあえず、じゃあ手でもつなごうか」

「へ？　え、あ、そうか。恋人同士はつなぐ、んだよね」

「俺もよくわかんないけど、多分？」

差し出された大きな手に、自分の手を重ねる。ぎゅっと握られると、まるで心臓を直接鷲掴《わしづか》みされたような、電気が体に走ったような、そんな衝撃だった。もちろん、それを必死に隠して冷静を装っていたけれど。

「一緒に彼氏彼女を、知っていこうか」

「う、うん、そうだね」

自分から切り出したくせに、経験者だからか友くんにペースを持っていかれてしまっているのが恥ずかしかった。それ以上に、幸せだった。


わたしたちの関係は、仮の恋人同士だった。

わたしは友くんのことを好きだけれど、彼はそうじゃない。それがわかっていたから彼の負担になるようなことは一切しないように気をつけた。幸い元カノとの話を聞いていたので、なにが彼を悩ませるかはわかっている。家族を大事にする友くんのことも、好きだから、それでいい。

それを、友くんは当然〝仮〟だからだと思っていただろう。

そんなふうに始まったわたしたちだったけれど、それなりにいい関係を築けたと思っている。

初めて一緒に出かけた場所は、駅前のショッピングモールだった。ただ手をつないでウインドウショッピングをしただけだったけれど、嘘でも彼氏として友くんと学校の外を歩けることが本当にうれしかった。雑貨屋で、たまたまふたりして同じキーホルダーに一目惚れして「でも高いよね」と言いながら何十分も見つめていた。本皮の細い紐を編み込んで太い一本の紐になったものが輪っかになっているものだった。小さなチャームにはブランドロゴ。シンプルだったけれど、ダークブラウンとワインレッドの二種類があり、おそろいでつけたら恋人っぽいねと話した記憶もある。

その姿を誰かに見られて、デートをしていたことが学校に広まり、「付き合ってるんだ」と言葉にしたときはずっと顔がにやけていたかもしれない。

雨の日は傘を持たないわたしに、いつも水色の傘を広げて中に入れてくれた。学校帰りにある河原で時間が許す限り話をして過ごしたこともある。あの場所で、わたしは友くんと呼ぶようになり、友くんはわたしのことを下の名前で呼んでくれるようになった。

誰になんと言われようとも、大したことじゃなかった。わたし自身の想いにやましいものはひとつもなかったから堂々としていればよかった。狡い自覚がある分、取り繕う必要もない。

友くんはずっと優しかった。

そして、わたしに触れてくれた。

間違いなくわたしと友くんの距離は近づいていると実感があった。事前に友くんが彼女に言われたような不満を、一切感じない。それはきっと、わたしたちがうまくいっているからだ。

けれど。

そう思えば思うほど、苦しみも増した。

『澄香はわがままを言わないね』

『俺は澄香に甘えてばっかりだよ』

『澄香みたいな子が彼女だなんてすごいことだよ』

友くんはいつもそう言ってわたしの手を握りしめてくれる。ときに肩に手を回してくれるし、冗談を言ったりバカにすることだってある。

好意を感じる。

だからこそ、彼が見ているわたしは、誰だろうという不安が日に日に増した。

――『澄香は本当に優しいよね』

そう言われるたびに苦しくなる。降り注がれる友くんのまっすぐさに、溺れてしまいそうになる。

本当のわたしは、多分友くんが思ってくれているような女の子じゃない。必死に、毎日なんとか自分を押さえつけたり想いを飲み込んだりした、外面《そとづら》のいいわたしだ。

それは結局〝わたし〟を好きになってくれているわけじゃないんじゃないか。

そう考え出すと、次第にやっぱり彼はわたしのことなんて好きではないのかもしれないと思った。だから、どれだけ褒めてくれても「好き」とは言ってくれないのかもしれない。

それでもいいから、このままずっと、本当の彼氏彼女としてそばにいたい。

つらくても苦しくても、なんでもいいから。

好きじゃなくたっていいから。

不安が大きくなるにつれてそんな想いが膨れ上がっていく。だから――。

いつの間にかぼーっとしていたらしく、校舎の前で「澄香？」と隣にいた友くんに声をかけられた。

「あ、ごめん」

はっとして返事をすると、友くんは眉を下げる。そしてわたしの背中に手を添えて、肩に頭をのせられた。

「大丈夫だよ、澄香のことをきらいだと思う人はいないから。ちゃんと向き合えばいいだけ」

「え、あ、ありがとう」

なんの話をしているのだろう、と考えて、さっき友だちに謝るという話を思い出した。友くんはわたしがそのことで心ここにあらずだと思ったようだ。それでも、その言葉を励みにして「うん」ともう一度答える。

友くんがそう言ってくれるわたしを、わたしも信じてみようと思える。

そうだ、一歩踏み出そうって決意をしたんだ。だったら、逃げていちゃいけない。知里と向かい合って話をして、半歩でも自分を変える努力をしなければ。

「何度だってチャレンジすればいいんだよ」

友くんはいつも、わたしの背中を守りながら優しく押してくれる。それを友くんは気づいていないかもしれないけれど。だって、友くんは必死で自分を隠しているわたしを知らないから。

でも、それでもいいんだ。

友くんの誕生日だというのに、結局週末まで雨は止むことがなかった。

昨日よりもだいぶ小雨《こさめ》になっただけマシだけど、と思いながら放課後、待ち合わせ場所の靴箱から空を眺める。

「また傘持ってないの？」

背後からにゅっと現れた友くんがいつもの傘を広げる。

ぴったりと寄り添って同じ傘の中に入るこの瞬間が、わたしは好きだった。ふたりだけが雨から守られる感じ。

「で、今日はどんなおもてなしをしてくれるの？」

「駅前から少し細い道に入ったところにあるカフェがいい感じなんだって」

沢ちゃんに教えてもらったお店だ。フレンチトーストがすごく美味しいらしい。パン屋さんのカフェなので土日は行列もできるとか。

「なんだかわたしの行きたいところに行くだけになってるけどいいのかな」

「こんなときじゃないと澄香は俺に任せるからいいんだよ」

そうかなあ、と思いつつも、普段よりも友くんが楽しそうに思えて、気兼ねなく店に向かって歩きだした。

お店はすでに何人かが並んでいる状態で、小一時間ほど店の前で待たなければいけなかった。とはいえ、この店以外に行きたいところは一か所だけだ。

長く待って、やっと店に入り注文をする。友くんは普通のフレンチトーストで、わたしはフォカッチャ。

「鉄板なんだね。しかもフォカッチャのフレンチトーストって珍しいんじゃない？」

「わたし初めてだよー。半分食べる？」

せっかくなので半分に切り分けていると、「はい」と友くんのフォークが顔の前に差し出された。フォークの先には一口大のフレンチトースト。

「え？　いや、自分で」

「俺の誕生日なのに？」

今日の友くんはちょっと浮かれているのか子どもみたいだ。でもそんな一面もかわいくて、えいっと食べる。今までこんなこと一度もしたことがないから、正直羞恥で味はまったくわからなかった。

「俺にもする？」

「……いい、けど」

自意識過剰だとは思うけれど、店内からの視線が集中しているような気がして、自分が食べることよりも食べさせることのほうがずっと恥ずかしかった。

こんなことされると、期待が膨らんでしまう。

店を出てからはいつもの河原に向かった。時間はすでに六時過ぎで来た道を戻ることになるし、おまけに雨が降っている。けれど、友くんは「いつもの場所もいいな」といやな顔ひとつしないで歩いてくれる。

雨だったからか、河原ではふたりきりになることができた。雨でちょうどよかったようだ。ただ、座れないけれど。

「今日はさすがに川が増水してるなあ」

あまり近づかないようにしながら友くんが呟いた。雨の日になると、見ているだけで怖くなるくらいの水かさになり勢いも増す。雨の音と重なって少し友くんの声が聞き取りにくい。

「ねえ、わたし、ちゃんと友くんの彼女をできてたかな?」

カバンを持つ手をぎゅっと握りしめて、深呼吸をしてから話を切り出す。友くんはちょっと驚いたのか目を見開き、一瞬黙ってから「もちろんだよ」と答えてくれた。

「そばにいてくれて助かったよ」

助かった、というのはどう受け止めればいいのだろう。

「ただ、ずっと俺に優しすぎるから、澄香はもっとわがままを言っていいくらい」

「……本当はね、わがままだよ、わたし」

ずっと我慢していただけ。

友くんの前の彼女はもっと素直な人だったんだろう。家族のためになかなか会えないことが原因で別れたと言っていた。だからこそ、同じことにはならないように気をつけているだけのことで、本来のわたしは筋金《すじがね》入りのわがままで感情的だ。一度たがを外したらどうなるか目に見えているので隠しているだけ。

友くんに、本当のわたしは知られたくない。

でも、少しだけ本当のわたしを知ってもらったうえで、付き合っていたい。

そう思うことが、そもそもわがままだ。

両親にとってはいつまでもバカな過ちを犯した娘だし、兄に気を遣わせるほどメンタルも強くなく、そして、いつもいつも、誰かを傷つける。

――『もう二度と、あたしの世界に入ってこないで』

鼓膜にこびりついた知里からのセリフが頭の中にこだましている。小さくなっていく知里の背中に、これ以上なにを言えばいいのかわからなかった。

ただ、謝りたかっただけなのに。今まで邪魔してごめんと、もう気にしないでと伝えたかっただけなのに。わたしのしたことはすべて知里を傷つけただけの行為だった。

傷ついた顔をしていた。

眉を顰《ひそ》めて、唇を震わせていた。

知里はあんなことを人に言いたくなかったはずだ。

あのセリフを口にさせてしまったのはわたしのせいだ。

じゃあどうすればよかったのかは未だにわからない。それがわたしの一番だめなところだ。それはわかるのに、方法がわからないわたしには、傷つく権利もない。

バイト先でも嫌われていることも知っている。みんなわたしのことを「でしゃばり」

だとか「男に色目を使っている」とか「偉そう」って話しているのを休憩室で聞いたことがある。

――『辞めてくれたらいいのになあ』

――『でもいなくなったら不便じゃん』

そんな気持ちで家に帰って、相変わらず家族に八つ当たりもしてしまった。

――『いつまでそうしてるつもりだよ』

――『お前は本当に起きてても寝てても布団かぶってるな』

布団をかぶって殻に閉じこもっているわたしに兄が声をかけてくれたのに、答えることもできなかった。人の優しさを無碍にして、それに自分で落ち込む面倒くさい性格だ。

みんながわたしを頼ってくれているのも、褒めてくれるのも、ただ都合がいいから。

そんなのずっと前から気づいていた。

褒めてほしい。いつもそんなことを求めている。

好かれたい。

誰も傷つけず。そしてわたしも誰にも傷つけられたくない。

わたしはなにも優しくない。

わたしは自分のことばかり考えている。

今だって、本当の自分を隠したままで友くんと向かい合っている。

わたしが突然変なことを言い出したからか、友くんは傘の中から心配そうな顔でわたしを見ていた。

変な空気になりそうな予感に、カバンから渡そうと思っていたものを取り出す。ふたつの小さな紙袋の、そのうちひとつだけを友くんに差し出した。

「誕生日おめでとう」

友くんは首を傾げながら封を開けて中のものを手のひらに出した。

以前、一緒に見たキーホルダーだ。ダークブラウンで、チャームには名前が刻印されている。購入しに行ったとき、好きな言葉を彫刻できると言われてお願いしたのだ。

「これって……前に見たやつだよな？」

「うん、あのとき話したよね」

友くんも覚えていてくれた。

――『おそろいでつけたら恋人っぽいね』

わたしの手に残された紙袋には、ワインレッドのキーホルダーがある。

あのときは高くて買えなかった。だから、誕生日に、バイト代を注ぎ込んでおそろいで買った。わたしの手元にはもうほとんどお金は残ってない。そのために先月頑張ったのだから、ちっとも後悔していない。

おそろいのものをつけて、今日から仮ではなくちゃんと恋人になりたい。

今までのわたしを見てくれた友くんなら、受け入れてくれるかもしれない。だって、わたしたちは付き合ってから半年、楽しかったはずだ。日に日に、わたしたちの関係は深くなっていたはずだ。少なくとも、嫌われてはいないはず。

「それでね」

「——受け取れないよ」

話を続けようとしたわたしを遮るように友くんが言って、キーホルダーを紙袋に戻してからわたしに差し出した。

「え？」

受け取りを拒否されたプレゼントが、わたしの前に再び戻ってくる。

予想もしていなかった友くんの行動に、目の前が真っ白になって瞬きをするのも忘れてしまった。視線を紙袋から友くんに戻すと、俯いていてわたしと視線を合わせようとしてくれなかった。

友くん、ねえ、今、どんな顔をしているの？

「ごめん、やっぱり、無理だったんだ」

雨の音がさっきよりも激しくなって、声が聞き取りにくい。

「こんなことしなくていいんだよ、澄香」

これがだめだったの？　なんで？　欲しがっていたのに？

「澄香、もう……終わりにしよう」

声が、雨の空気の中くぐもって聞こえた。

なにも答えることができずに呆然としていると、友くんが意を決したようにゆっくりと顔を上げる。彼の双眼《そうがん》がしっかりとわたしを捉えた。逃げられないほどの意志の強さを感じて身動きが取れなくなる。

なんで急にそんなことを言うの。さっきまで、どこからどう見ても仲のいい恋人同士だったのに、どうして突然別れようなんて言うの。

わたしのなにがいけなかったの。あんなに気を遣って振る舞っていたはずなのに、どこで失敗したの。

「ど、どうして？」

発することができたのは、そんな短いものだけだ。

「本当はちょっと前から、考えてたんだ。これ以上俺の勝手で澄香を縛《しば》りつけるわけにはいかないなって」

わたしが、友くんに縛りつけられたことは一度もない。むしろ逆だ。

「澄香は優しいから、ずっと俺のそばにいてくれるかもしれない」

それでいいんだ。それをわたしは望んでいる。

「これ以上は、澄香の自由を奪ってしまう。きっと、俺よりもいい男が、澄香を好きになって大事にしてくれるはずなのに。俺がいたら邪魔になる。だから、もう、やめよう」

話を聞いていると、友くんの話している〝澄香〟は誰のことなのかと思えてくる。目の前にいるのに、わたしの視界には友くんの表情がまったく見えなかった。ずっと視界が霞《かす》んでいて、ちゃんと見たいのに、見えない。

「わたしは……！」

口にしかけて、止まる。

「もういいんだよ澄香」

その隙を狙ったかのように、友くんがわたしを諭すように繰り返す。もういいよ、もう無理しなくていいよ、と。

なにが？　なんで？

わたしは友くんが思ってくれているような人間じゃない。

ああ――だから誰も好きになってくれないんだ。

だから友くんも、わたしのことを好きにならない。

今ここで、わたしが好きだって言ったら友くんはどう思うんだろう。また、傷つけたと思うかもしれない。今のわたしは、好きだと、口にしちゃいけないんだ。なによりそんなわたしは、友くんのイメージするわたしではないはずだ。

強くて、優しくて、頼れるわたし。

友くんのために付き合った、わたし。

それを好きになってもらえなかっただけのこと。

そう考えると、胸にすとんと落ちてきて、彼の言葉を受け入れざるを得なくなった。

「じゃあ、せめてキーホルダーだけでも、受け取って。せっかく、買ったし」

「そんなこと、できないよ」

頑なに彼は首を左右に振って断わる。そしてわたしの手を空いているほうの手――いつもつながっていた彼の左手――で優しく包み込みながら紙袋を握らせた。やっと友くんの顔を確認することができたけれど、苦悩に顔を歪めている友くんを見て、息が止まりそうになった。

わたしが、受け取らなくちゃいけないのだ。

差し出したものを再び、この手に戻さなくちゃいけない。

彼は、もう決してわたしに優しい言葉をかけない。そういう行為が相手のためにならないのを理解している。だからわたしたちのあいだにはもう、どうしようもない一線が引かれている。

わたしはこれ以上友くんに近づけないし、友くんも近づいてこない。

「今度は、ちゃんと好きな人と、付き合ってほしい。澄香なら、きっと」

そう言って友くんは、わたしに傘を差し出してくれた。手が触れると、友くんは歯を食いしばって顔をそむけた。そして、そのまま逃げるように背を向ける。

その手を反射的に掴んでしまった。

と、思ったら自分の体がぐらりと傾く。

びっくりした友くんが、わたしの手を振り払うように腕を上げた。雨で足元がぬかるんでいたため、バランスを崩してずるりと滑り、尻もちをつく。手にしていた傘も地面に落ちて軽くバウンドした。

制服が泥だらけになって、雨に打たれて一気に体がずしりと重たくなる。なにがどうなったのか理解できずに顔を上げながら「大丈夫」と答えたものの、呆然としたままだっただろう。

それでも、彼の表情だけは傘の下からよく見えた。

友くんはもう、わたしに優しくしない。

わたしのために、手を差し伸べることもしない。

嫌われたいと、そう思っていることがありありと伝わる顔をしていた。

好きだと、口にすることすら一度もできないまま別れることになってしまった。ひとりになると言いたかった言葉が涙になって溢れてきて、止まらなくなる。ぼろぼろと流れる涙を、雨が洗い流す。

ただ、好きだと、嘘をつかずに言いたかっただけなのに。

偽物のわたしでいいから好きになってほしかった。でも、それも無理だった。背を向けて去っていく友くんの後ろ姿は、わたしには手の届かない存在だった現実を突きつけてくる。手を伸ばしても届かないものがあるんだと、改めて思い知る。

――『今度は、ちゃんと好きな人と、付き合ってほしい。澄香なら、きっと』

そんなひといない。

友くんしかいない。

それを、友くんが知らないだけ。


わたしはいつになったら、なりたい自分になれるのかな。

でも、友くんにそんなふうに思われていても、好きになってもらえなかった。

だったら、どうしたらいいの？　このままなにも知られないまま、我慢して過ごすの？　わたしの気持ちは、誰にも知られないまま終わってしまうの？　なにをしたって変わらないなら、無理でもいいから最後に素直に思いを告げたっていいんじゃないの？

頑張って取り繕ってもうまくいかないことばかりだ。友だちとも、バイト先の先輩ともうまくいかず、友くんにも好かれなかった。

結局わたしはなにをしても無駄なんだ。

……それなら、もういっそ嫌われたっていいから、言わせてよ！

友くんが傷つくくらい、わたしを傷つけて振ってほしい。

じゃないと自分が、惨めすぎる。

ぎゅっと唇に歯を立てて力を振り絞り立ち上がった。今から走れば友くんに追いつくことができるかもしれない。

このキーホルダーをもう一度だけ渡して、そして、わたしの気持ちも……と手を握りしめたとき、紙袋の中になにも入っていないことに気がついた。

一度封を開けたから落ちてしまったのかもしれない。慌てて周りを探すけれど空が暗いことと雑草が邪魔でなにも見えなかった。しゃがみ込んで手探りするけれど、なにもない。

もしかして、転んだ拍子に遠くに飛んでいってしまったのだろうか。

もしかしたら、川に落ちてしまったのかもしれない。

顔を上げて流れる川のほうを見る。この距離なら、弾みで落ちてしまうこともあり得るし、音は雨音にかき消されて気づかないだろう。

川は、増水している。

けれど、流れはさほど速くない、ように見える。

この中だとしても、キーホルダーは流されるほど軽いものではないので底に落ちているはずだし、遠くまでは飛んでいないはずだ。少し、足を踏み入れたらきっとすぐに見つかる。

一歩踏み出すと、川の流れが思ったよりもあり、バランスを崩した。それでも二歩目を進む。腰を曲げて手を底に這わせる。

誕生日プレゼントをもう一度手にして、友くんに会いに行きたい。

見栄も恐怖も取っ払ったわたしのまま「好きだ」って「付き合ってください」って、ちゃんと素直に伝えたい。

今のわたしは、もうなにも怖くない。

誰に褒められなくても、わたしがわたしを褒めてあげられる。

・・・・・・・・・・猫

心地よい天気の下で眠っていると、体がふわふわ浮いているみたいな気分になる。太陽の日差しがぼくにちょうどよくて、寝る以外のやる気を根こそぎ奪って幸せにしてくれる。こういうときは、幸せな夢を見る。

うつらうつらしていると、いつもの少女がぼくをなでてくれた春の日を思い出す。

「付き合うことになっちゃった」

いつも餌をくれる少女が、顔を赤らめて内緒話をするみたいにぼくに言った日だ。

あの日のご飯は彼女がご機嫌だったからか特別なものだった。ドライフードとかいうカリカリのものではなく、ふわふわしたものだった。汁気があってお肉が美味しかったからよく覚えている。

あの日の少女はとびきりかわいい顔をしていた。

いつもそんな顔をしていたらいいのに、と思ったけれど、悔しいことにあの少年がいるときもよく似た顔を見せる。そして、たまに驚くほど痛々しく笑うこともある。

あの日の空は真っ青で、地面から見上げるそれは、すごくすごくきれいで空が光っているみたいだった。

ずっとこの天気が続くといいのにね。

「幸せになりたいなあ」

今のきみは見るからに幸せそうだけど。

「そして幸せにしてあげたいなあ」

ぼくは今すごく幸せだけど。

明日からもこのご飯をくれたらぼくは毎日幸せになるけど。

そう言ってるのにまったく耳に入っていないのか、うっとりした顔のまま空を見つめる少女の足元に頭を擦りつけた。

少女は「なに、甘えてるの?」と優しい手つきで喉をなでてくれた。


体がびくんと動きその反動で目が覚める。

そのまま大きな欠伸をして体をぐいーっと伸ばすと「長いなあ」と隣から声が聞こえた。なんだ誰だと視線だけを向けると、餌役の少年が苦笑している。ぼくを見て笑うなんて失礼なやつだ。今のきみのほうがよっぽど変な顔をしているというのに。

むかついたのですっくと立ち上がり、もう一度大きな伸びをして軽く毛繕いしてから少し離れた位置に腰を下ろした。

もちろんやつを視界に捉えたままで。

「なんでそんなじっと見てくるんだよ」

きみが信用できないからに決まっているだろう。

夢の日以来、毎日毎日こいつも来るようになったことをぼくはまだ認めていない。

それに、あの日以来あの子があんなふうに笑ったところは一度も見ていないのも理由だ。

幸せになりたいと言っていた少女の幸せは、あの日がピークだったらしい。

一緒にいるのに、お前ではあの子を幸せにできなかったということだ。そんなやつをぼくは決して認めてやらない。

……ご飯はもらうけど。

未だにあの子はぼくの前にやってこない。かわりにこの男が来るのもいやだ。この男が来てから見覚えのないやつがちょくちょく顔を出すのも落ち着かないからやめてほしい。

きっとあの子がここに来ないのは、この少年のせいだ。

あの子が泣いていたのも、この少年のせいだ。

泣いている少女を置いて去っていったこの男。

「お前は俺がきらいだなあ」

警戒心を顕にして座っているぼくに、男の子が言った。

「なあ、俺って悪者なのかな」

しゃがみ込んだ少年は、手で顔を覆うようにして呟く。

すべてがきみのせいなら、悪者かもしれないね。

そう言ってやろうかと思ったけれど、目の前にいる少年が川に入っていった少女と同じような顔をしているので、ぼくはなにも言わなかった。

ぼくはきみみたいな悪者ではないから。

だから、今回だけ特別に、ぼくだけが知っていることなら教えてあげてもいいかもしれない。そんなことを考えた。

もちろん、そのかわりにリッチなご飯を要求させてもらうけれど。

VI

サウイフモノニ　ワタシハナリタイ

―楠山 友―

目の前には、ずっと眠っている澄香の顔がある。

いつ目が覚めてもおかしくないと言われているのに、澄香は瞼を持ち上げることなく、もうすぐ三週間になろうとしているところだ。腕からのびる管の先のなにかを見るたびに、早くまた一緒にご飯を食べに行こうよと呼びかける。もちろん反応はない。

個室の病室に、澄香が眠っている。

無防備な姿は、彼女をいつもよりも儚げに見せる。


澄香が川で溺れて病院に運ばれたのを知ったのは、あの日、俺の誕生日の夜。俺が、澄香に別れを伝えた日だった。

「川に歩いていったから、危ないと思って声をかけようとしたんだ。そしたらぱっと、視界から消えてあっという間に流されて」

急いで警察に連絡したおじさんがそう説明したらしい。時間は夜の七時。俺が澄香と別れた直後の話だ。幸い、俺の姿は見ていなかったことにほっとしたあと、どうしてほっとするのかと自分を問いただした。

澄香が川で溺れたのは俺と別れたあとだ。やましいことなどなにもない。

それが、なんだというのか。

瞼を閉じると、地面に尻もちをついて雨に打たれたまま笑顔を見せる澄香の姿が蘇った。泣いていたように見えたけれど、雨でよくわからなかった。

あのとき、手を差し伸べていたらこんなことにならなかったのだろうか。

「大丈夫？」

ぽんっと肩に手を置かれて、体が跳ね上がる。心臓が痛むほどの衝撃に息を飲んで振り返ると、澄香のお兄さんが俺を見ていた。

「あ、はい……すみません」

「毎日来てくれるのは嬉しいけど、家のこともあるだろうし友くんも顔色悪いし、無理はしないでいいよ」

そんな心配されるような顔色をしているのだろうか。

自分でわからないのでなんとなしに頬に手を添えて「でも」と口ごもりながら、

「心配なんです」

と言った。口にして自分で〝誰が〟心配なんだと悪態をつく。

本当に、俺は最低な弱虫男だ。

お兄さんは「そっか」と納得したように声を漏らしてから俺の隣に腰を下ろした。

澄香から、お兄さんの話は数回だけ聞いたことがあるけれど、イメージとまったく違ったのでびっくりした。澄香の説明では「昔サッカーをしていて、たまに偉そうだけど基本的にはのんびりしている人」という話だった。けれど、俺が見る限りではしっかり者で妹思いの男気溢れるお兄さんだ。俺のことまで気遣ってくれる。

「早く目を覚ましてくれたらいいいんだけどなあ」

「……そうですね」

お兄さんは澄香を見下ろしながら言った。

「いつも澄香は、家族に心配をかけるんだよなあ」

「え？」

ちょっと驚いてしまうと、お兄さんは「意外？」と言って歯を見せる。素直にこくりと頷くと「すぐ無茶をするからな」と言葉を続ける。

「無理をして無茶をするんだ。だからおれはいつも澄香の心配ばっかりしてる」

シスコンだろう？　とお兄さんが苦笑する。

でも、お兄さんの言っている気持ちはなんとなく理解できた。そのくらい、澄香は頑張り屋だった。一緒にいることで、それを少しでも分けてもらえたらと思っていたけれど、結局、あまり役立たなかったんじゃないかと、思う。

澄香のクラスメイトも、そうでない人もみんな学校で澄香が目を覚ますのを待っている。それほど、校内での澄香は印象が強い存在だったのだ。家族だっていつも心配そうにしつつも愛おしそうに澄香に付き添っているのを俺は見ている。

だからこそ、今でも信じられない。

澄香が自ら川に入っただなんて。

見間違いのはずだ。もしくはなにか理由があったはず。澄香が自ら命を断とうとするはずがない。

一体なにがあったのかと悩む澄香の家族のためにも、その答えを俺は見つけ出したい。目を覚ました澄香は、なにがあったのか、自殺なんじゃないかと訊かれたら傷つくかもしれない。澄香はそんなふうに思われたくないはずだ。だから、俺が先に明らかに。

そう思ってみんなに話を訊いて回っているけれど、今の所なにひとつわかっていない。

むしろ――……。

「時間大丈夫?」

お兄さんの声にはっとして時計を確認すると、すでに六時を過ぎていた。

本当はもう少し病院にいたい。自分が帰った直後に澄香が目覚めるのかもしれないと想像するとなかなかすっと帰る勇気が出ない。

それでも、俺を待つ家族を思い出して、お兄さんに頭を下げてから病院をあとにし

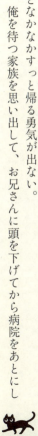

た。

電車とバスに乗って一時間弱ほどで家に着く。

大きくもなければ狭くもない、至って普通の一軒家だ。ドアを開けるなり弟たちがバタバタと駆け寄ってきて「腹減ったあ！」と叫んだ。

小学五年生の双子の弟は、今現在食べ盛り成長ざかりの一番元気な時期だ。しかもこの時間はすでに部活を終えたあとなので、空腹に今にも暴れだしそうだ。

以前はそれまでに帰宅して簡単なご飯と、両親が帰ってきてからみんなで食べる晩ご飯の準備をしていた。けれど、今は澄香の病院に寄っているのでふたりの帰宅に合わせて軽食を用意することができず、いつも双子に襲われる。一応話をして理解はしてもらえているけれど、だからといって当然お腹が空かないわけではない。

「ちょっと待ってろ、すぐ作るから」

そう言いながら制服のままキッチンに立って、簡単なホットサンドを作った。

「おれらも料理作れるように教えてくれたらいいんだけど」

「また家の中めちゃくちゃにするだろ」

「もう小五だし大丈夫だってー。兄ちゃん心配しすぎ。菓子パンだけじゃ腹膨れないよ」

「もしくはお小遣い増やしてよ」

はふはふとホットサンドにかぶりつきながら喋る双子を見ながら今度は晩ご飯の用意をする。お小遣いを増やすのも悪くはないが、俺にその権限はない。ただこのふたりがお金を持つとおやつだけを買いあさりそうなので若干不安だ。料理に関しては不安どころの話ではない。目を離すとなにをするか。

昔は今ほど家でふたりの面倒をみたり家事をすることはなかった。

母さんの仕事がパートタイムだったこともあるし、留守番もふたり一緒だから大丈夫だろうと、俺はそれなりに友だちと遊んだりして過ごしていた。

そう思っていたけれど、俺が中学に入ってすぐの頃に、立て続けに問題を起こした。レンジで卵を温めようとして爆発を起こし、火事には至らなかったものの火災報知器を起動させて騒ぎを起こした。双子に壊された家電を数え上げるとキリがない。きわめつけは公園で友人と遊んでいる最中に遊具から落ちて骨折をした。

それをきっかけに、基本的に塾のある日以外は俺が家で過ごすようになった。

高校に入ってからは俺も家のことを手伝うからという理由で母さんにはフルタイムでの仕事を勧めた。元々昔から双子の世話をしていたこともあり料理はそつなくこなせていたし、別に家にいることを苦に感じたこともない。むしろ俺は家で双子と一緒にいても楽しめるが、母さんはがっつり外で働くほうが向いている性格だ。

はじめは父さんも母さんもせっかくの高校生活なんだからと難色を示したものの、一か月もすればそれが当たり前になった。俺が本当にこれでいいと思っているのを理解してくれたのかもしれない。

がつがつと気持ちがいいほどご飯をぺろりと食べ終えるふたりを見ると、俺のしていることはいいもんだと思える。

小さな頃から「友くんはいい子だね」「本当に優しいね」そう言われたことは数え切れないほどある。

ただ、自分ではあまり意識をしていないし、その言葉をうれしいと思ったこともなかった。そうなんだ、と他人事のような気分だった。

人のために動くことは好きだけれど、それに対してなにか見返りを求めることはない。ただ、俺は自分のために、人のためになることをするのが好きなのだ。

そんな俺を見た両親が「あんたはなんか執着とかないの?」と心配そうに言ったこともある。

原因、というほどのことではないかもしれないけれど、幼い頃両親のケンカが多かったから空気を読むようにしていた気もする。母さんはひとりで家にいると本来明るい性格なのがどんどん内向きになってしまうのだ。それならば、多少俺が手伝うから働いてみたらいいと思った。双子の怪我《けが》のときも、両親のあいだに不穏な空気を感じたから俺が家事を買って出たとも言えなくもない。結果的にそれが家庭円満に向かっているのだから、十分だと思う。

ケンカをすれば仲裁《ちゅうさい》をするし、泣けば慰めるし、うれしいことがあれば一緒に笑う。それは、俺にとって当たり前のことで、面倒だともいやだとも思ったことはない。

俺の振る舞いで喜んでくれる人がいるならそれでいい。

それが女子に好まれるらしい、と知ったのは中学二年生になったくらいだろうか。告白されることが増えてきて、対応に戸惑ったのを覚えている。

「また断ったのか友」

「だって、よく知らないし、わかんねえんだもん」

「さっき女子たちが泣いてたぞ」

けらけらとからかわれて、どう反応を返せばいいのかわからなかった。

好きになるっていう感情がいまいち理解できなかったし、自分が誰かに好かれる理由もよくわからない。友だちならうれしいのに、恋愛感情を含まれると途端に不思議になる。

断ることも苦痛だった。

相手に同じだけの気持ちを返せない、というのはそれだけで相手を傷つけなければいけなくなる。現に俺に告白した女子たちのほとんどは俺の返事に涙を流した。誰も泣かせたくなんかないのに。なんでそんなことをさせられなくちゃいけないんだろう。

告白なんかしてこないでほしい。好きになってほしくない。そう思っていた頃に、当時隣のクラスで一度も話したことのない鷲岡《わしおか》から告白された。

「ねえ、付き合ってほしいの」

ロングヘアを低い位置で、片方に寄せてお団子にしていた彼女は明るい笑顔で俺に言った。特別整った顔立ちではなかったけれど、小さな瞳に長いまつげは愛嬌《あいきょう》があってかわいらしいなと思った。

けれど、それだけだ。

「ごめん、その、悪いけど」

今まで顔すら知らなかった女子だ。断わる以外の選択肢はない。逆に言えばそんな関係にも拘わらず俺を好きだということも理解できなかった。

「好きな子がいるの？」

「え？　あ、そういうわけじゃないけど」

「じゃあ、試しにワタシと付き合ってよ」

意味がわからなくてきょとんとすると、彼女は「好きじゃなきゃ付き合っちゃだめなんて法律もないじゃない」とあっけらかんと言った。

「それに、付き合ったらワタシのこと好きになるかもしれないじゃん」

「そういうもん、なの？」

目からウロコだ。

好きにならなければ付き合ってはいけないのだと思っていた。

目の前の鷲岡は「ね？」と俺を見て目を細める。親しみやすい笑顔を見せる彼女のことを、好きだなとは思う。それが恋愛感情ではないことはわかるけれど、なにが違うのかは俺にはわからない。

だったら、彼女の言うように付き合ってみるのもいいのかもしれない。そう思って

「よろしく」と俺は彼女の手を握りしめた。

そんな感じで中学二年の終わりから付き合った俺と鷲岡は、それなりに仲よくはしていたと思う。

学校からはいつも一緒に帰っていたし、メッセージのやりとりもしていた。休日にカラオケに行くこともあったし、手をつなぐことも自然にできた。

「ねえねえ、今度の休み映画行こうよ」

「写真撮って待受にしよ！」

うれしさを全身で表現する鷲岡と一緒にいるのも楽しかった。一緒にいることが誰かの喜びにつながるのは俺にとってもうれしい。

でも、やっぱりそれ以上の感情を抱けなかった。

鷲岡はそんな俺の気持ちにはなんとなく気づいていたと思う。高校が離れてから彼女は一気に俺に対しての不満を膨らませた。

「なんで毎日会えないの？」

「双子だってもう小四なんでしょ？　たまには遊んだっていいじゃない」

「友だちに紹介したいんだけどいつならいけるの？」

はじめのうちはできるだけ彼女の希望を叶えようと努力をしたけれど、それでもなかなか時間をとるのは難しい。そのかわりのようにメッセージや電話は結構こまめにしていた。それらのやりとりにほっとする瞬間も間違いなくあった。

けれど次第に、電話越しに彼女の啜り泣きを聞くことが増える。

どうすれば彼女が泣き止んでくれるのか、以前のようにただ楽しく笑っていてくれるのか、さっぱりわからない。

泣いている彼女を必死に慰めながら、宥《なだ》めながら、何度も思った。

こんなことなら付き合わなければよかった。

誰も俺のことを好きじゃなくなればいいのに。

それに拍車をかけるように、友人だと思っていた高田から告白された。

「……なんで？」

間抜けな返事だったと思う。

真夏日で、俺らの肌には汗が浮かんでいた。なのに体の芯が底冷えするように冷たくなって目の前が霞む。

「なんでって言われても、好きだから」

「だ、って」

まさか、同性に告白される日がくるとは予想もしていなかった。女子にすら恋愛感情を抱けないのだから、男なんか完全にノーマークだった。

断らなくてはいけない。

でも、俺にとって高田は友人だ。一緒にいてのんびりと、なんの気負いもなく話せる相手だった。高校で一緒になって、これからは以前よりもたくさん話ができるものだと思っていた。

なのに。

「でも、これからも友だちで……」

「僕にそんな器用なことはできないよ。今の状況じゃしんどいから、もう友とは今までみたいに話せない。悪いけど、それを覚悟で伝えたんだ」

あれほど仲のよかった高田がぷつんと縁を切るように俺との関係を断ってしまった。

どうにか元の関係に戻れないかと何度も高田に声をかけたけれど、決して以前のように目を合わせてくれなかったし、話をしようとしてもするりと魚みたいに逃げる。

一緒にいて楽しかったのは俺だけだったのだろうか。

なんでみんな俺なんかを好きになるんだ。

なにも返せないのに。誰のことも好きになれないのに。

結果みんなが俺から離れてしまうくらいなら、好きにならないでいてほしい。俺の存在が結局その程度ということなんじゃないかと思うと、苛立たしさまで抱く。


そう思っていた頃に出会ったのが澄香だ。

俺にとって澄香は不思議な女の子だった。学級委員長の会議で誰よりも発言し、みんなをまとめるその姿は、正直すごくかっこよく見えた。誰もあんな仕事を率先してはやりたがらない。リーダーになるというのは、賛否を受け止めなくてはいけないということだ。

昔からそういうものに推薦されることが多かったけれど、正直俺は苦手だった。みんなの意見を丸ごとどうにかしたくなる。否定するのは難しい。

でも、澄香はきっぱりはっきりと口にすることができた。

相手の顔色を窺うことなく、自分の意志を口にできるというのは、誰にでもできることじゃない。かといって傲慢《ごうまん》でもなく、みんなの意見に耳を傾けることも怠ることはなかった。

騒がしい廊下の中心で、三年の先輩たちと面と向かって言い合う姿を見たときは少し肝《きも》が冷えたけれど、彼女はまったくひるむ様子を見せずに堂々と顔を上げて先輩を見据えていた。

「どうしてわたしたち一年が、先輩たちの尻拭いをしなければいけないんですか」

どういうことかと首を傾げていると、周りにいた生徒たちがこそこそと話す内容から事情を察することができた。

俺だったらその場を適当にやり過ごしてしまうだろう。なんとか俺がかけ合ってみますとか、そういうことを言って騒ぎにならないように保留にして方法を探す。けれど、彼女はそんなことはしないつもりらしい。

「クラスのみんな、楽しみにしているんです」

それは、クラスメイトのためだった。

自分が矢面《やおもて》に立ち、守るべきものを優先している。きつい言い方だとは感じたけれど、それは逆に自分だけが責められるようにしているのだと思った。なにかあったとき、責められるのはきっと彼女だけだ。それを承知の上で彼女はああして前に立っているのだろう。

俺には、できない。

先輩たちが立ち去ったあと、かすかに彼女の体が震えていることに気がついた。感情が昂ぶっているからなのか、緊張からなのかはわからないけれど、声をかけると少し驚いたように顔を上げる。表情も強張って見えた。

でも、彼女はもっと先のことを考えていた。

「飲食店のクラスを増やせないか先生と実行委員に、話をしようかとは思うんだけど」

俺と思考回路がまったく違うんだと思った。ああいうふうに言いながらも根回しをしようとするなんて。厳しいけれど優しい子なんだ。そんな彼女の力になれたらいいなと思い、協力を買って出たけれど、彼女の役に立つことができたのかはわからない。ただ、彼女から「楠山くん」と名前を呼ばれると、頼られているような気がして悪くなかった。

頼もしいのに、なんだか放っておけない雰囲気の女の子。

もっと彼女のことを知りたいな、と思った頃に裏庭の奥で黒猫に餌をあげている澄香を見つけた。なぜか傘を持ってない澄香は、そんなこと気にしないで猫の目の前にしゃがみ込んで笑っていた。

今まで自分から人と関わろうとすることはなかった。別に避けているわけではなく、なにもしなくても仲よくなれたから、そう思う機会がなかっただけ。

だけど、普段は気を張っている彼女の緩んだ笑顔を見て、もっと話をしてみたい、もっと親しくなってみたいと思った。

初めての感情に浮き足立っていたのは、彼女に尊敬と羨望《せんぼう》の気持ちを抱いていたからだろう。決してそれは恋愛感情ではなかった。

話したのはいつだって他愛のないことだ。

クラスメイトの話とか、最近の学級委員長のことだとか、家族のことや付き合っている彼女のこと。澄香と話していると時間があっという間に過ぎた。

当時の彼女の話をすると、「みんな、試行錯誤してるんだよ」と言ってくれた。

こんなふうに思うのは俺だけじゃないんだと、初めて同じ目線からの意見をくれた。

──『楠山くんは大切なものがたくさんあるだけ』

自分がおかしいのかと、そう思い始めていた俺にとって、彼女の言葉がどれほどほっとさせてくれたかなんて、澄香はきっと知らないだろう。

あの頃の俺の中にあった小さな傷にそっと手を当ててくれたのが澄香だった。

付き合っていた彼女に振られたのは、高校二年になってすぐだ。
──『友は、結局誰のことも好きじゃないのよ』
誰のことも大事なのは、誰のことも大事でないのと同じだと、泣きながら言われた。
どうにか宥めようと思ったけれど、それすら罵倒された。

——『そういう優しさは、卑怯』

あの言葉は、今も俺の胸に棘《とげ》となって刺さったままになっている。

澄香が入院してからは、毎日のように聞こえてくるその声に、耳を塞ぎたくなるほどだ。

誰にも言えないことだけれど、一番ショックだったのは彼女に言われたセリフで、彼女に振られたことではなかった。それに気づくと余計に落ち込んだ。

誰のことも特別に思えない俺は、誰とも付き合ってはいけないのだろう。

けれどそれは、この先も告白をしにくる誰かを傷つけていかなくちゃいけないということだ。人と関わりを断てれば簡単なのだろうけれど、それを選択できるほど自分は強くない。

好かれたらうれしい。でも、誰も好きにならないでほしい。

誰のことも大事にできない俺のことを、みんなから切り捨ててほしい。

澄香は、そんな俺を元気づけようとしてくれたのだろう。

「わたしと、付き合おう」

そう言ったときの澄香は、頬を真っ赤に染めていた。

彼女は俺のことを好きでそう言っているわけじゃなかった。それでも、勇気を振り絞って口にしてくれたことがうれしかった。おそらくだけれど、彼女にとっての初めての彼氏ということになるのだろう。

俺自身も澄香を好きだったわけじゃない。こんな気持ちで付き合っても、また傷つけてしまうかもしれない、そう思ったのに、気がついたら「うん」と答えていた。考えるよりも前に、返事をしていた。そして、その瞬間に緩んだ澄香の表情があまりにかわいくて、愛おしく思えて、胸が締めつけられた。

初めて抱いた感情に、この選択は正しいはずだと感じた。

澄香とならば、一緒に誰かを好きになる気持ちとか、彼氏彼女になることの意味や目的が見つけ出せるかもしれない、と。

普段はしっかりしている澄香の、ときどき夢中になって周りが見えなくなるところ、猫を溺愛《できあい》していてそのためなら自分の制服が汚れることもいとわないところ、つねに周りに目を配り、自分のすべきことを考える姿勢。どれもが俺にはないところだ。

だからこそ、不意に触れたときに見せる困った顔がかわいかった。

「もう、そうやってわたしを甘やかさないでってば」

顔を真っ赤にして、恥ずかしそうに目をそらしながら口を尖らせる澄香をもっと見たくて、つい、距離が近くなる。あの髪の毛に触れたら彼女は今度はどんな目で俺を見てくれるのだろうか。頬に触れたら柔らかいだろうか。抱きしめたら温かいだろうか。彼女はなんて言うだろうか。

元々人によく触れてしまう癖はあったけれど、澄香に対してはそれを言い訳にして、いつも手を伸ばした。

いつだって気がつけば、澄香のことを考えている。

澄香のかわりに、裏庭の奥で黒猫と対面する。

「お前は幸せそうだなあ」

がつがつとご飯を食べる黒猫を見ながらついひとりごちる。最近この場所で猫を相手に喋ることが増えてしまった。ため息を吐き出しながら空を仰ぐと、俺の気持ちを表しているみたいにどんよりと重い雲が広がっていた。

「……お前は、なにか知ってるか？」

もう一度話しかけると、うるさい！　と言いたげに黒猫は俺にフシャーと牙《きば》を剝いてからご飯を食べ続けた。澄香がいなくなってから、以前よりも嫌われているのはどうしてだろう。この黒猫も澄香のことを待っているのだろうか。

あれから一か月近く経とうとしている。

澄香は今もまだ眠ったままで目を覚まさない。

彼女が、自殺未遂をしただなんて信じられない。絶対にそんなことはありえない。クラスを覗けばいつだって友だちに囲まれていたし、みんなに尊敬されていた。一瞬躊躇してしまうようなことでも、彼女はすぐに言動に移すことのできる勇気のある女の子だ。

それは、俺だけの認識ではないはずだ。

澄香と仲のよかった沢倉さんも、浅田さんも、同じような印象だった。彼女たちは口をそろえて澄香は自殺未遂なんかしないと言い切ってくれた。

けれど、そうじゃないかもしれないと言う友人もいる。

――『見たいものしか見えてないんじゃないの』

安藤さんのセリフが蘇る。

俺の見ていた澄香は、俺が作り出した澄香だったのだろうか。俺は、澄香のなにを知っていたのか、今となってはわからなくなる。そう思うと不安の種が芽を出し、むくむくと胸の中で成長して落ち着かなくなる。

一日一日と、ただ時間が過ぎていく。

そのたびに澄香はもう目覚めないんじゃないかと、そんなことを考えてしまう。そんなことあってはならない。澄香は、今までどおりに過ごしてもらわなくちゃいけない。澄香には笑っていてほしい。

　けれど、もし。

　ふっと脳裏《のうり》に浮かんだ思いを振り払うように頭を左右に振った。

「澄香」

　膝を抱えて澄香の名前を呟き項垂れていると、ズボンの裾《すそ》をなにかに引っ張られる。視線を向けると黒猫が歯を立てて俺をくいくいと引っ張っていた。

「え？　なに？」

　問いかけると俺の声が聞こえているかのように「んあー！」と服に噛みついたまま変な声で鳴いた。意思を感じる声に首を傾げながらそばに置いていたカバンを手にして腰を上げる。猫はそのまま俺をぐいぐいと引っ張り続けて校舎の奥に連れていった。途中で俺の制服から歯を剝がし、ぴょんっと塀の上に登る。

「いや、そこは無理だし」

　そう言いながら猫を見上げる。猫はそんなの知ったことかと言いたげに姿を消してしまった。慌てて裏門に向かったけれど、当然黒猫の姿はすでになく、塀の裏側に向かったものの住宅もあるので途中までしか進むことができなかった。

「だよなあ……」

　どうしたものかと頭を抱える。

いや、追いかけたところでなにになるのか。猫がどこかに俺を連れていこうとしているのかと感じたけれど、そんなのバカげている。

かといってこのまま学校に戻る気にはなれない。

立ち止まり、今にも雨が降りだしそうな空を仰いでからゆっくりと駅に向かって歩き始めた。学校をサボったなんて澄香に知られたら怒られそうだ。

平日はいつも数時間しか澄香に会うことができないけれど、せっかく今日は時間がある。

病院に行ったところで俺にできることはなにもない。それに、目を覚ましたときに別れたはずの俺が目の前にいたら、澄香はどう思うだろう。

――『そういう優しさは、卑怯』

元カノが今の俺の行為を見たら、同じことを言うのだろうかと思いつつも、進みだした足を止めることはできなかった。

「あれ?　今日は早いな」

病室の扉を開けると、お兄さんが座っていた。

よく考えれば家族がいるのが当たり前だ。なにも考えていなかった自分に羞恥を感じながらなんとか言い訳を、と思うけれどうまく話せない。それだけでお兄さんは察したのか困ったように笑ってから「見なかったことにしてやるよ」と言って備えつけの冷蔵庫から缶コーヒーをひとつ取り出して俺に渡してくれた。お菓子もあるよと個包装されたチョコレートをテーブルに広げてお兄さんが笑う。

「ほんと澄香はいつまで心配かけるんだか」

「いや、そんなことは」

「いいんだよ、なんも問題ないんだからさっさと目を覚ませばいいのになあ」

お兄さんは笑っているけれど、瞳は澄香のことを心から心配していた。奥底から滲み出るような人への愛情は、澄香のものとよく似ている。きっとすごく兄妹仲のいいふたりだったのだろう。

「心配して、病室にも通って……優しいですよね」

「え？　いや、そんな真顔で言われると恥ずかしいんだけど」

お兄さんは頬を赤らめる。

「友くんっていつもそうなの？」

「え？」

「なんっていうか、素直っていうか」

こういうことを言われたことは何度かあるな、と思いつつ「まあそうですね」と答えると「なるほどなあ」と納得するかのようにこくこくと頷く。なにがわかったのだ

ろうと不思議に思っていると、

「そりゃ澄香もきみに惚れるよ」

と、自信満々に笑った。

残念だけれど、それはない。元々俺と澄香は恋人同士だったわけではない。俺がずっと澄香に甘えて、澄香に無理をさせて気を遣わせてしまっただけ。

それをわかっていたのに、俺はずるずると澄香の優しさにつけ込んでそばにいた。

「俺はいつも、人を傷つけるしかできないから、きっと澄香のことも……」

褒められたことに居心地が悪くなり、呟く。不意に泣きそうになってぐっと喉に力を込めた。俺に泣く資格はない。俺は、お兄さんに優しいだなんて言われるような立場じゃない。

学校では俺と澄香が別れ話をしたことを知っているひとはいない。今の状況でわざわざ真実を告げることはないと黙っていたけれど、みんなに心配されたり気を遣われるたびに、後ろめたくなる。

誰もが口をそろえて事故だと言う。

俺は曖昧に笑うことでしか返事ができない。よく考えれば、そんな彼氏胡散臭い。

お前はなにも知らなかったのかと怪しまれているような気さえする。

ずっと澄香に甘えてきた結果が、これだ。

「学校での澄香って、どんな感じだった?」

お兄さんがお菓子を食べながら訊いた。今まで俺がみんなにしてきた質問だ。

「周りから頼りにされてました。テキパキと仕事をこなすし、いつだってみんなのために動いていたから、みんな頼ってて。すごく、人気者でした」

「まじで? 澄香が? あーでもなんか、必死に変わろうとしてたもんな」

俺の言ったことが心底驚きだったらしく、お兄さんが目を丸くした。

「……お兄さんにとって、澄香さんは、どんな女の子だったんですか?」

不思議に思いながら、今度は俺がお兄さんに訊くと、「起伏《きふく》が激しい頑固者」という、今まで聞いたことのない答えが返ってきた。思わず「へ」と間の抜けた声を発してしまう。それが面白かったのか、お兄さんはくすくすと笑った。

「いや、本当はいいやつなんだよ。周りのことを考えてたし、すげえ頑張り屋だった。ただ、ちょっと不器用で、言葉足らずっていうか、意思疎通がうまくできなくて」

「そう、なんですか?」

「思い込んだら一直線で、誰の意見にも耳を貸さない。自分が正しいと思ったら全部口にして相手にぶつけるんだ」

バカだよなあ、とお兄さんは声を上げて笑った。

「でも、誰よりも人を信じるんだよな。おれがサッカーするのもお兄ちゃんヒーローみたいだとか言って両親よりも熱心に応援してくれててさ。必ず試合は観に来るし、負けたらおれより泣いてさ」

「なんか、それはわかるような気がします」

想像すると、すごくかわいかっただろうな、と思った。

お兄さんにとって澄香が大事な妹であるのも当然だろう。

「受験も就職も、両親は心配ばっかりなのに、あいつだけはなんの心配もしてなかったな。お兄ちゃんならなんとかするんでしょ、って。多分信じてくれてたんだと思う」

「澄香は、人を信じてくれました、いつも。だからみんなに好かれていたんだと思います」

「かもな。でも、やっぱりちょっと向こう見ずっていうか……あいつがいる前では言わないけど、このやけども澄香のせいなんだよな」

お兄さんはチョコレートをひとつ口の中に放り投げてから、右腕の袖をまくった。

そこには大きなやけど痕が残されていて、肌が不自然につっぱったり膨らんだりしている。触れたら今でも痛むのではないかと感じるほどだ。

「あいつなりにおれを応援しようとしてやってくれたのがわかったから、真剣に止めなかったのも悪いんだけど。故意じゃないとはいえ、正直当時は余計なことをしやがってって思ったよ」

次の日、最後の試合だったのにやけどのせいで出られなかったことは、当時はこたえたんだとお兄さんが苦笑する。

「それから、なんとかしようって頑張ってたみたいだな。多分、きみが見ていた澄香は、そうあろうと努力してた澄香だと思う」

俺の見ていた澄香。

じゃあ、やっぱり俺は澄香のことを、なにも知らなかったのかもしれない。

そっと眠る澄香に視線を向けて、いつもどんな気持ちで俺のそばにいてくれたのかと訊きたくなった。　俺が思うよりもずっと、無理をさせていたのかもしれない。

「きみは多分、そんな澄香の憧れみたいな感じかな？　見たところ好青年だし、なんか真面目そうだし優しいし。おれとは大違いだなあ」

ふははは、とお兄さんが声を上げる。

「ちが、います」

笑い声を遮るように、澄香を見つめながら口にした。歯を食いしばりながらふるふると頭を振って、否定をする。

「澄香は、俺を心配して、付き合ってくれていただけなんです。彼女に振られた俺のために、仮の彼女になってあげるって。だから、俺のことを好きだったわけじゃないんです」

あの日、彼女は言った。

自分には彼氏なんていらないからちょうどいいのだと、一緒に恋人同士の勉強をしようと、そう言いながら、少し恥ずかしそうにしていたことを思い出す。

弱っている俺のために手を差し伸べてくれた。

「いや、それはないよ」

けれど、お兄さんはすぐさま否定した。

「家で澄香がどんな顔をしてきみのことを話していたと思う？　っていうかもし仮なら家族にまで言う必要はないだろ」

たしかに。

澄香の家族に会ったとき、すぐに俺を見て彼氏だと気づいてくれたのを思い出す。

付き合っているのは仮で、主に学校内のことで、デートもたまにだけだった。それなら家族にそんな話をする必要はない。

「そりゃあもう、うれしそうで。彼氏のことをからかうとすぐに顔を真っ赤にしてそっぽ向いて。そういや、なんかプレゼントを買うとかでバイトも入れてたな」

プレゼント、という言葉に体がびくりと反応する。

「まさか」

そんなはずはない。そうであってはいけない。

「友くんは素直なんだろうね」

うーんと顎に手を当てて、お兄さんが呟く。

「さっきの話もそうだけど、人のことをすごくいいふうに受け止めるのはいいところだと思うよ。接しているとなんか、嘘がつけなくなるっていうか」

面と向かって褒められると、こう、照れるよなあやっぱり、と言葉をつけ足したお兄さんはゆっくりと立ち上がり、澄香の寝顔を見つめた。

凛《りん》としていた澄香は、今はすべての力を抜いて穏やかな顔をしている。

「でも、自分の言葉に惑わされてない？」

意味がわからなくてなにも返すことができなかった。

「だって、きみ、別に澄香が完璧な人間だとは思ってないでしょ？」

「そんなつもり、はない、ですけど」

頭の中がぐちゃぐちゃになってきて、よくわからなくなってきた。

困ったように頭に手を当てて考えていると「じゃあさ」と言ってお兄さんは澄香の枕元の棚から一枚の紙を俺に差し出した。水で濡れたからか紙はぐしゃぐしゃで、乾いてパリパリになっていて、小さく折り畳まれたそれは触るとすぐに脆《もろ》く朽《く》ちてしまいそうに見える。

それを受け取りゆっくりと慎重に中を開く。インクが滲んでろくに読めないけれど、俺にはなんなのかすぐにわかった。澄香が大事にしていた詩が、澄香の文字で書かれている。

「澄香はこういう人になろうとしてたんだって。きみから見た澄香はどうだった？　多分違うでしょ？」

とりあえず今日は帰ります、と逃げ出すように病院を出て、河原に向かった。

今日はあの日よりも早い時間だから空が明るい。雨もまだ降っていないから、川も緩やかな流れで聞こえる音も柔らかい。

他に行きたい場所なんてなかった。この場所で、澄香のことを思い出したかった。

あの日、最後に澄香と過ごした場所はしんと静まり返っている。そこに不釣り合いなほど間抜けな猫の鳴き声がして、視線を向けると黒猫が俺を見て座っていた。

「……ここにいたのか」

いつも学校で見かける黒猫だ。

まるで俺を待っていたみたいにまっすぐに見つめてくる。黒猫の金色の瞳に吸い込まれるかのようにゆっくりと近づいていく。いつもならすぐに逃げ出すのに、今日はおとなしく待っていてくれたうえに隣に腰を下ろしても怒る様子はなかった。

「……なんで、澄香は川に入ったんだろう」

ずっと考えていた。けれど、無理やり考えないようにもしていた。今このときでさえ、自分が思考を放棄しているのがわかる。

ぎゅっと瞼を閉じると澄香の泣きそうな笑顔が浮かぶ。まるで頭の中の澄香の涙がこぼれ落ちてくるみたいに、ぽつんぽつんと雨が降り始めた。

あのときの澄香は、なにかを言おうとしていた。

それを訊きたくなくて遮ったけれど、本当はなにが言いたかったのだろう。どうして俺はちゃんと向き合おうとしなかったのだろう。

あのとき澄香は、どんな気持ちになったのか。

「なにしてんの、あんた」

動く気になれず猫の隣で佇んでいると、大きな声が聞こえて振り返った。

「あんたまで川に入らないでよね」

スカートに手を入れて河原に下りてくる安藤さんが、俺を見て眉間に皺を寄せる。その奥には高田が立っているのが見えた。下りてこないのは、俺と話をしたくないからだろう。

「なあ」

隣に並んできた安藤さんに声をかけると「なによ」とそっけなく返事をされる。

「澄香は、俺のことが好きだったのかな」

雨がさっきよりも勢いを増した気がした。川に水飛沫を上げて落ちていくと聴覚が狂ったかのように雨の音しか聞こえなくなる。安藤さんはいつの間にか俺の頭上に傘を広げてくれていた。

「はあ？　そりゃそうでしょ。っていうか付き合ってたんでしょ」

「違うんだ、本当は、そういう関係じゃなかった」

安藤さんはもう一度「は？」と言ってから高田のほうに視線を向ける。じゃり、と足音がして、高田が近づいてくる気配に体が強張った。

「たしかにふたりは両想いには見えなかったよな」

前にも言われた言葉に、胸がきしむ。

「でも、睦月は、お前が好きだったよ」

高田は安藤さんと反対側に立って、ふたりで俺を挟む。

「でも」

「ふたりとも、相手に片想いしているみたいだった」

目を剥いて高田のほうを見ると、高田は呆れたように口元に優しい弧を描いた。

「ちゃんとした恋人じゃないのはなんとなくわかったけど、それと睦月が友を好きだったかどうかは別のことで。僕から見れば間違いなく好きだったと思う」

「なんだよ、それ」

「っていうかあたしは事情がよくわかんないんだけど。あんたも澄香のこと好きだったんでしょ」

安藤さんに言われて、口を閉じた。

俺たちは両想いで付き合ったわけじゃない。

でも。

「……ああ、好きだった」

言いたくなかった。自覚したくなかった。

でもだから——。

「だから、俺のせいかもしれない」

高田に見られると、すべてをさらけ出されてしまう。

「俺のせいで、澄香は自殺しようとしたのかもしれない？」

絞り出すように声を出すと、いつの間にかそばからいなくなっていた猫がひょっこりと顔を出した。そしてゆっくりと俺の周りを歩く。猫を追いかけるように視線を動かしていると、なにかが光を反射させたのに気がついた。

話の途中にも拘わらず腰を上げて、ゆっくりと近づいていく。

小さな光のもとに手を伸ばして拾い上げると、それはあの日、澄香に手渡されたキーホルダーだった。金具部分のシルバーが夕焼けを受け止めるように不思議な色を発している。

ずっと、考えていることがある。

できれば考えたくないことだ。

澄香と最後に顔を合わせていたのは俺だった。つい数分前まで、あの日の澄香と一緒にいて、この場所で話をした。

本当は、このままずっと澄香と一緒にいたいと思った。

今まで感じたことのない幸福感を澄香の隣なら感じることができた。恋愛ってこういうことなんじゃないかと、澄香に触れるたびに思った。

もっと澄香に笑っていてほしい。なにかあれば一番に手を差し伸べたい。もちろん澄香に俺はほとんど必要なかっただろうけれど。

日に日に澄香の表情が曇っていることに気づきながらもそれを見て見ぬフリをした。もしかすると澄香には、別の好きな人ができたんじゃないかと、そう思ったけれどなにも言わなかった。口にしたらその瞬間、俺と澄香の関係が切れてしまうから。高田が俺と友だちをやめようとするのと同じように、どれだけ一緒にいても恋人でなくなったら関係が真っ白にリセットされてしまう。

澄香にとっての俺が、ただの過去になってしまう。

だから、俺は自分の気持ちを口にしなかった。澄香に俺を傷つけさせることのないように。そう言い訳をしてそばにいることを選んだ。じゃないと、話もできない関係になってしまうから。

その狡さが、澄香を苦しめたんだと思った。

「まさか、あんなことまでしてくれるなんて思わなかったから……」

一度一緒に見ただけのキーホルダーを、バイトを頑張ってまで俺のために買うとは思わなかった。

俺のことを好きじゃないのに。

恋人という関係で縛りつけている俺なのに。そのうえあんなに高価なものをもらうことなんかできなかった。

自分のしていることがどれだけ最低なのかを思い知った。

もう付き合っていちゃいけない。

彼女は優しいから、このまま一緒にいたら俺のことを気遣ってしまう。今、ここで別れなくちゃ、この勢いでなければ俺が別れられなくなってしまうと思った。

澄香に好きな人がいるかもしれないことに、目をそらし続けた今までのように。初めて好きだと思った相手にそんなことをさせる自分が許せなかった。

だから、別れようと言った。

——澄香は傷ついた顔をしていた。

あの日、澄香の手を払わなければよかったのだろうか。別れ話なんかしなければよかったのだろうか。倒れた澄香に手を差し伸べたらよかったんだろうか。別れる相手にそれをするのは失礼なことだと、そう思って我慢したことは間違っていたのだろうか。

全部間違いだらけだ。

最初っから最後まで、全問不正解だ。

ずっと、今まで澄香に甘えっぱなしだったくせに突然手のひらを返したような俺に傷ついたのかもしれない。

だから川に入っていったのでは。

そんなことを信じたくなかった。そんなはずはない。だって俺と澄香はそんな関係じゃなかった。俺が終わらせたものは、偽物の関係だけ。だから、そんなはずないという理由を自分に与えるために、みんなに話を訊いていただけなんだ。

澄香の噂を払拭《ふっしょく》するためでも、恋人だった澄香が自殺だったならなにが原因だったのかを探ろうとしていたわけでもない。

自殺未遂じゃない確信が、欲しかっただけ。


でも、そうじゃなかった。


「俺が、澄香を、傷つけたんだ」

バイト代で買ってくれたというキーホルダーを、どうしてなにも言わずに突っ返してしまったのか。どういう気持ちであんなにまっすぐに笑顔を見せてくれたのか。

泣きそうな顔を俺は見たはずなのに、どうしてそのまま背を向けてしまったのか。

澄香が俺のことを好きだった、かもしれないから。

……結局そんな問題じゃなかった。

自分が傷つきたくなくて、澄香を傷つけただけ。

澄香の気持ちから目をそらしていた弱虫な俺のせいだ。

一生懸命バイトしてくれたのに。選んでくれたのに、その意味を考えることすらしなかった。

想像していた理由と違っていても、俺のせいだとしか思えなかった。

あの日澄香にちゃんと向き合わなかったから。

澄香の気持ちに気づかず、最初のきっかけをずっと信じていたから。

見えるもの聞こえるものばかりをバカ正直に信じ込むから。

俺はいつも、俺のことを想ってくれる人を傷つけてしまう。

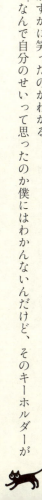

崩れ落ちるように膝をついて、嗚咽《おえつ》を噛み殺す。

「澄香が自殺しようとしたのは、俺のせいだ」

絞り出した声が、雨音の中に響き渡った。

けれど、

「あの子が自殺なんて真似するはずないって言ったじゃん」

と、安藤さんが言った。

「え？」

「うわ、楠山ボロ泣きじゃん、ウケる！　あんたもそんな顔するんだー」

「知里、空気読んで」

安藤さんの笑い声を、呆れた顔をした高田が止めた。けれど、高田も俺の顔を見てかすかに笑ったのがわかる。

「なんで自分のせいって思ったのか僕にはわかんないんだけど、そのキーホルダーがなんか関係あんの？」

「え、あ、うん……澄香が誕生日にくれたもので、俺、は受け取らなくて」

ずずっと洟を啜りながら答えると、「うわー、最低」と安藤さんがしかめっ面を見せた。今日この瞬間で安藤さんに心底嫌われた気がする。ただ、安藤さんのおかげで涙がすっかり止まった。

「友から見た睦月は、そういうやつだったのか？」

高田の質問の意味がわからず無言のままでいると、「友のせいで死のうとするようなやつだって、思うのか？」と言い方を変えてもう一度訊いた。

俺にとっての澄香は、今でもやっぱり印象は変わらない。

優しいと思う。お兄さんの話を聞いて一層そう思った。高田が先日言っていたように、澄香には葛藤《かっとう》や悩みがあったのもわかったけれど、だからって弱いとは感じない。

ふるふると頭を振ると、

「彼氏だったお前が心からそう思うなら、違うんだろ、きっと」

と、高田は満足そうに言う。

「っていうかさあ、あの子、なんかこう、ちょっとずれてるからそのキーホルダーを探して川に落ちたんじゃないの？」

「自分から川に入ったんだろ」

「じゃあ川に落ちたと思って探したんじゃない？　澄香ならやりそうじゃん。周りがあんまり見えてないときあるし。突っ走るし」

安藤さんの言い方はそっけないものだったけれど、それが俺のためであることはわかった。慰めてくれているのかなと感じて「ありがとう」と言うと、「そういうのやめてよ！」と怒られた。

手のひらにあるキーホルダーをもう一度見つめる。

たしかに、お兄さんも澄香は周りが見えなくなる、感情の起伏が激しいと言っていた。安藤さんが言ったような澄香を想像すると、俺の知っている澄香とぴったりと重なる。落としたキーホルダーを探して、見つからなくて、川にあるのではと迷いなく入っていく澄香が、自然とイメージすることができた。

「でも、それってやっぱり俺の、せいってことだよな」

「さあ？」

「知らないよそんなこと」

ふたりの返事はあっさりしている。けれど、今どれだけ考えても答えなんてわからないんだよな、と改めて思うこともできた。

「澄香は自殺なんかするようなやわな子じゃないでしょ。っていうかさ、あんた澄香のこと説明するとき散々褒めるけど、結構ちゃんと見てたんじゃないの？」

「そう、なのかな？」

「知らないけど。あたしあんたじゃないし。ただ、今のあんた見てたら、上辺だけって感じもないなーって思っただけ」

俺は、澄香のなにを知っていたんだろう。

安藤さんに言われてもうまく説明できない。言葉にするといつも同じものになる。

でもたしかに知っていた。澄香が頑張っていることも、たまにうまくいかなくて落ち込んでいることも、不器用な一面があったり、無理をしていてもちょっとした仕草ですぐに感情が顔に出るかわいいところも。

澄香はなりたい自分になろうとしていた。

俺が見ていたのはそんな澄香だった。

そのすべてが嘘だっただなんて、思えない。だから、みんなの言葉を素直に受け止められなかった。俺は今でも澄香のことをわかっていないのかもしれないとも思う。

でも、俺は澄香のことを好きだと言える。もしも、俺の知らない一面があったとしても、そんな澄香がすごいと、愛しいと思う。

「俺、もう一回病院、行ってくるよ」

ぎゅっとキーホルダーを握りしめて顔を上げた。傘を持っていくかと安藤さんに言われたけれどそれを断って、雨の中を駆けだしていく。いつも傘を差さずにいた澄香のように。

「あ、あんたさ！　澄香に好きだって言ったわけ？」

　安藤さんに引き止められて足が止まる。

「あ、いや、言ってない」

「バカじゃないの。なに言わずに別れようとか言い出したわけ？　まずそこでしょ！　あんたの過ちはそこ！　それが原因とかは置いといて、まずそれを言いなさいよ！　なに逃げ腰になってんのよ！」

　ああ、そうか。今までずっと、誰かの気持ちに応えられずに傷つけてきた。いつの間にか、自分が同じように誰かに傷つけられるのを避けていたんだ。

「安藤さん、ありがとう。あと、高田、今までごめん」

「なにが？　僕は、別に友に傷つけられたことなんてないよ」

「そういうこと」

　安藤さんが呆れたように俺に手を振った。その後で犬を追い払うように手で振り払われたけれど。


　走りながら携帯を取り出して家に電話をかけた。

「どうしたんだよ兄ちゃん、今日遅いじゃん」

弟にそう言われて、ごめん、と乱れた呼吸で謝る。そして、

「今日は、ふたりでなんとかしてくれるか？　ちょっと、帰りが遅くなる」

俺が走っているのに気がついたのか、弟たちはしばらく黙ってから「もちろん」と同時に叫んだ。

「おれら知ってるんだよ。兄ちゃんの彼女が今入院してるんだろ」

ふたりにその話はしたことがなかった。けれど、帰宅が遅くなる日があるかもしれないと両親には事前に話しておいた。それを聞いたのだろう。気を遣わせないようにと黙っていたのに。

でも、今日はそれに甘えたい。

「うん、ありがとう」

「……おれら全然、頼りないけど、たまには頼ってよ」

「ご飯くらい我慢するし、レンジでチンとかそういうことくらいならできるし」

「前から言ってんじゃん。心配しすぎだってさー」

電話の向こうでふたりが口々に喋る。

ずっと幼かった双子は、いつも俺にわがままばかりだった。それを迷惑だと思ったことはない。俺にとってはかわいい弟で、不満に思うこともなかった。彼女と出かける時間がないことも仕方ないと割り切っていたし、部活にも興味はなかった。

「たまにはお返しさせてよ」

「これからだって、遅くなってもいいし」

ずっと、自分は執着がないと思っていた。誰にでも優しくできたし、特別きらいな人もいなかった。人と揉めることも好きではないから、無難にやり過ごすことも苦痛じゃなかった。

――『友は、結局誰のことも好きじゃないのよ』

もしかしたら、本当に元カノの言うとおりだったのかもしれない。澄香のことを好きになって初めてわかった。

今までたくさん間違っていたかもしれない。でも、そんな俺を澄香は同じ目線で考え、守ってくれていた。だから、誰も好きじゃなかったなんて、もう思わない。友だちのことも家族のことも、澄香のことも、そして、俺自身も俺は俺なりに大切に思っていた。

今日は、面会時間が終わるまで澄香のそばで手を握っていたい。

本当はずっと、そうしたかった。四六時中澄香のそばについていてあげたかった。彼女が目を覚ますまで、その瞬間を見逃すことなく隣にいたかった。

でもそんなことできるわけないし、家族にも迷惑がかかる。なにより澄香がそれを望んでいないかもしれない。どの面を下げて彼女の前で待っていればいいのかわからない。

　それでも、澄香を待ちたかった。

　弟たちとの電話を終えて携帯を握りしめたまま走っていると、誰かからの着信が入り、すぐ通話ボタンを押す。

「あ、友？」

　真也の声に珍しいなと思いながら「なあ」とこっちから呼びかける。

「俺さ、澄香が好きだったんだ」

　初めて言葉にしたことで、胸の中にあった重しがなくなりすっと軽くなったのがわかった。

　同時に今まで認められなかった自分に悔しさが募る。

「なに言ってんのお前。だから付き合ってたんだろうが」

「はは、そう、だな」

　そうだ。だから、あのとき澄香の提案にのったのだ。恥ずかしそうに、けれどそれを隠しているつもりで気丈に振る舞う澄香が、かわいかったから。

「なに？　友走ってんの？　っていうかお前元気じゃねえか！」

「な、なに？」

「知里がすっげえ落ち込んでいたとか言うから電話してやったのによー！」

はは、と息切れしたまま笑うと、余計に苦しくなった。

「俺、大丈夫だよ、ちゃんと、いろんな澄香を、見てた」

はあ？　と声が聞こえてから、この前真也が言った言葉を本人も思い出したのか「ああ」と小さく言って「そっか」とほっとしたように声を発した。「え？　ああ、はいはい」と誰かと話すような声が聞こえたのでなにも言わずに走ったまま待っていると、「浅田が、これからは傘をなんたらかんたらって」

適当な説明をして、電話越しに誰かが怒っているのがわかった。

浅田さんといえば真也がずっとちょっかいを出していた相手だろう。なんで一緒にいるのかはわからないが、なんだか、うれしくなる。てっきり真也は浅田さんのことがきらいなんだと思っていたけれど、澄香の言っていた言葉を思い出し、よかったな、と祝福する。

――雨ニモマケズ、風ニモマケズ。

心の中で言葉にして、「わかった」と電話の相手に伝えてから通話を切った。

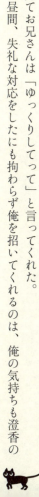

病院にはまだお兄さんがいて、ちょうど帰ろうとしていたところだった。俺の顔を見てお兄さんは「ゆっくりしてって」と言ってくれた。

昼間、失礼な対応をしたにも拘わらず俺を招いてくれるのは、俺の気持ちも澄香の気持ちも、最初からわかっていたからだろう。

明日、あの日なにがあったのかをお兄さんに正直に伝えようと思った。

「澄香」

ベッドのそばにあるパイプ椅子に座り、眠る澄香の手を握りしめる。

「ごめんな」

そう言ってぎゅっと、強く手を握った。

本当は最初から澄香に惹かれていた。

中学時代の彼女のことも大事にしていたけれど、別れたときにショックを受けなかった理由は、澄香が俺の心にすでに住み着いていたからだろうと今なら思う。

だからこそ、付き合っているのがつらかった。

優しいと褒めるたびに、心なしか表情が硬くなっていたことも気づいていたけれど、それは俺のことが好きじゃないからだと思っていた。

〝好き〟のかわりに言っていた言葉が、澄香に押しつけるように聞こえたのかもしれない。

「好きだよ、全部」

そう言えばよかっただけなのに。

不器用なところも、それを必死になんとか隠そうとしているところも。

澄香は俺にとって特別な存在だった。

澄香は優しいから、俺が好きだと言えばきっとそばにいるだろう。そう思って、手を振り払った。

いつか、澄香に本当に好きな相手ができたときに傷つくのが怖いから逃げたんだ。

多分俺も、澄香が思うようなできた人間じゃない。好きになるってことがわからなくて、ずっと人を傷つけていたと思っていた。大事にできない人間だと思い込んで、自分を守ってきただけの弱虫で、澄香のためだなんて言いながら、誰よりも傷つけた。

澄香の手を離すことなく片方の手で彼女の頬に触れる。そして枕元の紙を取って広げた。

雨ニモマケズ　風ニモマケズ
雪ニモ夏ノ暑サニモマケヌ丈夫ナカラダヲモチ
慾ハナク　決シテ瞋ラズ
イツモシヅカニワラツテイル
一日ニ玄米四合ト味噌ト少シノ野菜ヲタベ
アラユルコトヲ　ジブンヲカンジョウニ入レズニ

ヨクミキキシワカリ　ソシテワスレズ
野原ノ松ノ林ノ蔭ノ小サナ萓ブキノ小屋ニイテ
東ニ病気ノコドモアレバ行ッテ看病シテヤリ
西ニツカレタ母アレバ行ッテソノ稲ノ束ヲ負ヒ
南ニ死ニサウナ人アレバ行ッテコハガラナクテモイ、トイヒ
北ニケンクヮヤソショウガアレバツマラナイカラヤメロトイヒ
ヒドリノトキハナミダヲナガシ
サムサノナツハオロオロアルキ
ミンナニデクノボートヨバレ
ホメラレモセズ　クニモサレズ
サウイフモノニワタシハナリタイ

だめなところはたくさんある。弱いし負けるし、誰かに必要とされたいし嫌われたくない。怒りたくないけど我慢できないときもある。ひとりで勘違いして突っ走ることもあれば耳を塞いで逃げることもある。

みんな、完璧じゃない。

みんな、自分じゃない誰かに憧れている。

澄香は、澄香の望む自分ではないかもしれないけれど、そうあろうとする。できないこともたくさんあるけれど、決して理想を諦めない。

俺は、そんな澄香がいい。そんな澄香が好きなんだ。


これからは俺も一緒に、そういう人になりたい。

「ちゃんと告白させて、澄香」

重なった手を顔に引き寄せてキスをする。

澄香がかすかに俺の手を握り返した気がした。

ふと気がつくと、いつの間にか雨が止んだらしく窓から眩しくて綺麗な夕日が差し込んできた。

・・・・・・・・猫

いつの間にか日が出ていても、肌寒い季節になった。

日陰を避けて暖かな場所を探すけれど、風が吹き込んでくるので悩ましい。とりあえず体をできるだけ小さくして自分で自分の体を温める。

もうしばらくするとお昼ご飯の時間になるだろう。

ふたりは仲よくやってきて、前より少し豪華になったご飯を目の前に置いてくれるはずだ。正直あの少年は来なくていいけれど、なにやら前よりも仲よくなったのでそれはもう無理な話なのだろう。こんなことになるのなら、協力なんてしなきゃよかった。

本当ににんげんは面倒くさい。

なんで自分でなんでもかんでも済ますことができないのかぼくには理解できない。

ぼくのお膳《ぜん》立てがなければ一体どうなっていたことやら。

大きな欠伸をひとつして涙目であのふたりがやってくる方向を見つめる。

視界の先にふたりがゆっくりと近づいてくるのがわかった。

手にしているカバンには、おそろいのキーホルダーが揺れていて、いつものことなのに思わずひげがぴくぴくっと動いてしまう。

いろいろ文句はある。でも、なんだかんだ、ぼくはそういうにんげんがきらいじゃないんだな、とふたりの笑顔を見て思った。

雨上がりの水滴が太陽の光を反射させてぼくの世界をキラキラと輝かせた。

この景色が見られるなら、雨もたまには悪くない。

引用：『雨ニモマケズ』宮沢賢治

この物語はフィクションです。実在の人物、団体等とは一切関係がありません。

櫻いいよ先生へのファンレターのあて先
〒104-0031　東京都中央区京橋1-3-1　八重洲口大栄ビル7F
スターツ出版(株) 書籍編集部 気付
櫻いいよ先生

そういふものに わたしはなりたい

2019年10月28日　初版第1刷発行

著　者　　櫻いいよ　©Eeyo Sakura 2019

発 行 人　　菊地修一
デザイン　　カバー　徳重 甫＋ベイブリッジ・スタジオ
　　　　　　フォーマット　西村弘美
D T P　　久保田祐子
発 行 所　　スターツ出版株式会社
　　　　　　〒104-0031
　　　　　　東京都中央区京橋1-3-1　八重洲口大栄ビル7F
　　　　　　出版マーケティンググループ　TEL 03-6202-0386
　　　　　　(ご注文等に関するお問い合わせ)
　　　　　　URL　https://starts-pub.jp/
印 刷 所　　大日本印刷株式会社

Printed in Japan

ISBN　978-4-8137-0774-5　C0193

スターツ出版文庫　好評発売中!!

『ログインØ』　いぬじゅん・著

先生に恋する女子高生の芽衣。なにげなく市民限定アプリを見た翌日、親友の沙希が行方不明に。それ以降、ログインするたび、身の回りに次々と事件が起こり、知らず知らずのうちに非情な運命に巻き込まれていく。しかしその背景には、見知らぬ男性から突然赤い手紙を受け取ったことで人生が一変した女子中学生・香織の、ある悲しい出来事があって――。別の人生を送っているはずのふたりを繋ぐのは、いったい誰なのか――⁉　いぬじゅん最大の問題作が登場！

ISBN978-4-8137-0760-8 ／ 定価：本体650円＋税

『僕が恋した図書館の幽霊』　聖《ひじり》いつき・著

『大学の図書館には優しい女の子の幽霊が住んでいる』。そんな噂のある図書館で、大学二年の創《はじめ》は黒髪の少女・美琴に一目ぼれをする。彼女が鉛筆を落としたのをきっかけにふたりは知り合い、静かな図書館で筆談をしながら距離を縮めていく。しかし美琴と創のやりとりの場所は図書館のみ。美琴への募る想いを伝えると、「私には、あなたのその気持ちに応える資格が無い」そう書き残し彼女は理由も告げず去ってしまう…。もどかしい恋の行方は…⁉

ISBN978-4-8137-0759-2 ／ 定価：本体590円＋税

『あの日、君と誓った約束は』　麻沢《あさざわ》 奏《かな》・著

高1の結子の趣味は、絵を描くこと。しかし幼い頃、大切な絵を破かれたことから、親にも友達にも心を閉ざすようになってしまった。そんな時、高校入学と同時に、絵を破った張本人・将真と再会する。彼に拒否反応を示し、気持ちが乱されてどうしようもないのに、何故か無下にはできない結子。そんな中、徐々に絵を破かれた“あの日”に隠された真実が明らかになっていく――。将真の本当の想いとは一体……。優しさに満ち溢れたラストはじんわり心あたたまる。麻沢奏書き下ろし最新作！

ISBN978-4-8137-0757-8 ／ 定価：本体560円＋税

『神様の居酒屋お伊勢～〆はアオサの味噌汁で～』　梨《なし》木《き》れいあ・著

爽やかな風が吹く５月、「居酒屋お伊勢」にやってきたのは風の神・シナのおっちゃん。伊勢神宮の「風日祈祭《かざひのみさい》」の主役なのにお腹がぷよぷよらしい。松之助を振り向かせたい莉子は、おっちゃんとごま吉を引き連れてダイエット部を結成することに…！　その甲斐あってお花見のあとも春夏秋とゆっくり仲を深めていくふたりだが、突如ある転機が訪れる――なんと莉子が実家へ帰ることになって…⁉　大人気シリーズ、笑って泣ける最終巻！ごま吉視点の番外編も収録。

ISBN978-4-8137-0758-5 ／ 定価：本体540円＋税

スターツ出版文庫　好評発売中!!

『ラストは絶対、想定外。～スターツ出版文庫 7つのアンソロジー②～』

その結末にあなたは耐えられるか…⁉「どんでん返し」をテーマに人気作家7名が書き下ろし！スターツ出版文庫発のアンソロジー、第二弾。寂しげなクラスの女子に恋する主人公。彼だけが知らない秘密とは…（『もう一度、転入生』いぬじゅん・著）、愛情の薄い家庭で育った女子が、ある日突然たまごを産んで大パニック！（『たまご』櫻井千姫・著）ほか、手に汗握る7編を収録。恋愛、青春、ミステリー。今年一番の衝撃短編、ここに集結！

ISBN978-4-8137-0723-3 ／ 定価：本体590円＋税

『ひだまりに花の咲く』　沖田《おきた》円《えん》・著

高2の奏《かなで》は小学生の頃観た舞台に憧れつつ、人前が極端に苦手。ある日誘われた演劇部の部室で、3年に1度だけ上演される脚本を何気なく音読すると、脚本担当の一維《かずい》に「主役は奏」と突然抜擢される。“やりたいかどうか。それが全て”まっすぐ奏を見つめ励ます一維を前に、奏は舞台に立つことを決意。さらに脚本の完成に苦しむ一維のため、彼女はある行動に出て…。そして本番、幕が上がる──。仲間たちと辿り着いた感動のラストは心に確かな希望を灯してくれる‼

ISBN978-4-8137-0722-6 ／ 定価：本体570円＋税

『京都花街　神様の御朱印帳』　浅海《あさみ》ユウ・著

父の再婚で家に居場所をなくし、大学進学を機に京都へやってきた文香。ある日、神社で1冊の御朱印帳を拾った文香は、神だと名乗る男につきまとわれ…。「私の気持ちを届けてほしい」それは、神様の想いを綴った“手紙”だという。古事記マニアの飛鳥井先輩とともに届けに行く文香だったが、クセの強い神様相手は一筋縄ではいかなくて⁉　人が手紙に気持ちを託すように、神様にも伝えたい想いがある。口下手な神様に代わって、大切な想い、届けます！

ISBN978-4-8137-0721-9 ／ 定価：本体550円＋税

『星降り温泉郷　あやかし旅館の新米仲居はじめました。』　遠藤《えんどう》遼《りょう》・著

幼い頃から“あやかし”を見る能力を持つ大学4年生の静姫《しずき》は卒業間近になるも就職先が決まらない。絶望のなか教授の薦めで、求人中の「いざなぎ旅館」を訪れるが、なんとそこは“あやかし”や“神さま”が宿泊するワケアリ旅館だった！　驚きのあまり、旅館の大事な皿を割って、静姫は一千万円の借金を背負うことに⁉　半ば強制的に仲居として就職した静姫は、半妖の教育係・葉室《はむろ》先輩と次々と怪異に巻き込まれてゆき…。個性豊かな面々が織りなす、笑って泣けるあやかし譚！

ISBN978-4-8137-0720-2 ／ 定価：本体610円＋税

書店店頭にご希望の本がない場合は、書店にてご注文いただけます。